古《ふる》森《もり》のひみつ

ディーノ・ブッツァーティ作
川端則子訳

岩波少年文庫 617

Dino Buzzati

IL SEGRETO DEL BOSCO VECCHIO

1935

さし絵　山村浩二

古森《ふるもり》のひみつ

第1章

セバスティアーノ・プローコロ大佐《たいさ》が奥谷《おくだに》に移り住んだのは、一九二五年の春でした。大佐の叔父《おじ》アントーニオ・モッロの遺言《ゆいごん》により、村から十キロほど離《はな》れた広大な森の一部を受け継《つ》いだのです。このことは、だれにでもよく知られています。

それよりもはるかに広い森の残りの部分は、大佐の兄の息子《むすこ》が継《つ》ぐことになりました。(大佐の兄はすでにこの世にありませんでした。) 息子《むすこ》の名は、ベンヴェヌート・プローコロ。まだ十二歳《さい》の少年で、母親も亡《な》くしていたので、奥谷村《おくだにむら》からあまり遠くない私立《しりつ》の寄宿学校で暮《く》らしていました。

後見人《こうけんにん》だった大叔父《おおおじ》のモッロが亡《な》くなると、少年ベンヴェヌートの養育は、大佐の手にゆだねられることになりました。

当時からプローコロ大佐は、やせて背《せ》が高く、立派《りっぱ》な白い口ひげをたくわえており、その外見は生きているあいだじゅう、ほとんど変わることはありませんでした。並《なみ》はずれてたくましく、左手の人さし指と親指でつまんでクルミの殻《から》を砕《くだ》ける、そんなうわささえもあったくらいです。（大佐は左利《ひだりき》きでした。）

大佐が軍隊をしりぞくことになったとき、連隊の兵士たちは、ほっと深いため息をつきました。プローコロ大佐ほどきびしく、細かいことまで見逃《みのが》さない指揮官《しきかん》は、ほかにいなかったからです。大佐が兵舎の門を最後に出るとき、ここ何年も目にしたことのないようなすばやさと正確さで、歩哨《ほしょう》の交替《こうたい》がおこなわれました。

そして、連隊きってのラッパ手《しゅ》が、まさに最高の力をふりしぼって三回、号令の合図を吹《ふ》きました。みごとに響《ひび》きわたるラッパの音色《ねいろ》は、のちに部隊じゅうの語りぐさとなったほどです。

かすかに口の端《はし》をまげたプローコロ大佐は、微笑《ほほえ》んでいるようにも見えました。――ほんものの笑《え》みが大佐の顔に浮《う》かんだことは、これまで一度もありませんでした。――兵士たちの態度を、心からの敬意《けいい》の表明と受けとったのでしょうか。ほんとうのところは、大佐が去ることへの、ひそかな喜びの表れだったのですが。

第2章

亡《な》くなった叔父《おじ》のモッロは、谷いちばんの金持ちと言われていました。穏《おだ》やかな性格の地主で、所有していた森にはあまり手をつけませんでした。木をたくさん切りはしましたが、森のかぎられた場所でだけでした。

なかでも、古森《ふるもり》と呼ばれる、小さいけれどいちばん美しい森には、いっさい手をつけませんでした。そこにはこのあたりで、いやおそらく世界じゅうの森の中でもいちばん古いモミの木々が、そびえていたのです。

その森では、数百年もまえから一本の木も切られたことはありません。プローコロ大佐《たいさ》が手に入れたのは、まさにこの古森《ふるもり》でした。それとモッロの屋敷《やしき》、まるでおまけにつけたような別の小さな森。これが、大佐に残された遺産《いさん》のすべてでした。

谷のすべての住人と同じく、モッロはこの偉大《いだい》な森を心からあがめていて、実現こそしませんでしたが、亡《な》くなるまえに国の名所に指定しようと努力したほどでした。

モッロの森にたいする功績を称《たた》えて、死のひと月後、奥谷村《おくだにむら》の役所がモッロの彫像《ちょうぞう》をつくりました。あざやかに彩色《さいしょく》された木彫《きぼ》りの像は、モッロの屋敷《やしき》の草地に建てられました。

だれが見ても彫像《ちょうぞう》はモッロそっくりで、みごとなものでした。ところが落成式で、ある人物が「これでモッロ氏の偉業《いぎょう》が、永久にわれわれの心に残るのは明らかであり……」と演説をはじめると、出席者の多くはくすくす笑いながら、ひじをつつきあいました。こんな木彫《きぼ》りの像は半年もつかどうか怪《あや》しい、そのうち朽《く》ちてしまうだろうと。

第3章

相続人のプローコロ大佐《たいさ》が谷に移り住んだ日、旧式の車で彼を駅まで迎《むか》えにいったのは、モッロの時代から仕えていた中年の農場管理人、ジョヴァンニ・アイウーティでした。ふたりがかわした最初の会話は、あまりなごやかなものではありませんでした。（のちに、人のよいアイウーティは、このときはすこし打ちとけすぎてしまったと、何度も悔《く》やんだくらいです。）

「これはこれは！」自己紹介《じこしょうかい》をすませたあと、ただちにアイウーティは大佐に言いました。「あなたさまは、亡《な》くなられたモッロさまに生き写しだとお気づきでしょうか？　鼻の形など、まさにうりふたつですよ」

「あぁ、そうかね？」

「ほんとうにとてもよく似ていらっしゃいます。おふたりを知らない者が見たら、同一

「この地方では、まず冗談《じょうだん》でもてなすようだな」大佐は冷たく言い放《はな》ちました。

「まことの習慣というものではないのですが」アイウーティは、ひどく当惑《とうわく》してそう言いました。「ときおり冗談《じょうだん》は言いますが……なんというか、ほんのささいな、取るに足らないことばかりで」

ふたりは車に乗り、すぐモッロの屋敷《やしき》に向かいました。はじめの二キロほど、道は谷底の畑のあいだを縫《ぬ》って走ります。一本の木もない草原を上ってゆき、屋敷《やしき》から四キロくらい手前のところで、丈《たけ》は高いけれど、いまにも枯《か》れそうな木々がまばらに生える森に入ります。その森を一キロほど行くと、広々とした草地が広がる高原に出ます。

そこからは、いまでもそのまま残されている、名高い古森《ふるもり》が見わたせました。ドーム型《パネッ》菓子《トーネ》パンの形をしたふたつの山にはさまれて広がり、谷のいちばん上まで続いています。連なる丘《おか》のいちばん端《はし》には、高さ百メートルはあろうかと思われる、老人《ろうじん》の角《つの》と名づけられた黄色い岩山が、ぬっと立っていました。一本の草木もなく、長い年月のあいだに侵食《しんしょく》されて、面白《おもしろ》みのないわびしい雰囲気《ふんいき》を漂《ただよ》わせていました。

初めて屋敷《やしき》に向かうこの道中《どうちゅう》、のちにアイウーティが語ったところによると、大佐は三度も腹《はら》を立てました。

最初は、草地のほんのすこし下の、けわしい坂の曲がり角にさしかかったときでした。ガソリンがなくなり、車が止まってしまったのです。プローコロ大佐は自動車のエンジンの仕組《しく》みをよく知らなかったので、アイウーティは車が止まったほんとうの理由を言わずにすみました。自分の車はとても古くて無理がきかないので、この上り坂ではいつものことだと言ったのです。——そのおかげでアイウーティは、その後ひとりで屋敷《やしき》に向かうときでも、この坂道の下にさしかかると車を止めて、最後の二キロ半を歩かなくてはなりませんでした。そうしないと、うそがばれてしまいますから。——

大佐は別に文句は言いませんでしたが、かといって、いらだちを隠《かく》そうともしませんでした。

「叔父《おじ》はこんなとき、どうしていたのだ?」

「モッロさまは馬と馬車をお持ちでした。とても不思議なことに、その馬はまさにモッロさまの亡《な》くなられた翌日《よくじつ》に死にました。ほんとうに忠実《ちゅうじつ》な馬だったのですね」

大佐の二度目のいらだちは、すっかり枯《か》れた、大きなカラマツの根元で起こりました。ふたりが歩いていくと、上からしわがれた叫《さけ》び声が聞こえたのです。木を見上げた大佐は、てっぺんの枝に、かなり大きな黒い鳥がとまっていることに気づきました。

アイウーティの説明によると、それは見張り役の年老いたカササギで、亡《な》くなったモッロが大切にしていた鳥でした。昼も夜もこの木にとまり、だれかが道を通ると、屋敷《やしき》にいる者に知らせるために鳴き声をあげるのです。じっさいその声は、かなり遠くまで響《ひび》きました。このカササギのみごとな点は、だれかが屋敷《やしき》をめざして坂を上ってくるときにだけ、鳴くことでした。谷を下って行く人がいても、気にとめないのです。だから、見張りとしてとても役に立っていました。

「くだらない」大佐は即座《そくざ》に言いました。こんな鳥に、どんな信頼《しんらい》がおけるというのか？　確実な合図がほしいなら、叔父《おじ》はだれか人間を見張りにおけばよかったのだ。それに、あの鳥だってとうぜん眠《ねむ》るはずだ。眠《ねむ》っているあいだ、いったいどうやって監視《かんし》の役を果たすというのか？

「それが、カササギはいつも片目《かため》を開けて眠《ねむ》るものなんです」と、アイウーティは説明しました。

「もうたくさんだ」大佐はこう言うと話を打ち切り、自分のものになったばかりのその森には目もくれず、ステッキで地面を打ちながら歩きだしました。

三度目に大佐が腹《はら》を立てたのは、屋敷《やしき》に着いたときでした。それは趣《おもむき》があるとも言える、かなり凝《こ》ったつくりの古めかしい建物でした。

屋敷《やしき》の新しい持ち主の注意をひいたのは、何よりもまず、煙突《えんとつ》の上にすえられたキーキーうるさく鳴りそうな鉄の風見鶏《かざみどり》でした。

「ガチョウのように見えるが、まちがいないか?」大佐はたずねました。

たしかにガチョウの姿《すがた》をしていると、アイウーティは答えました。モッロさまが作らせたのは、たしか三年ほどまえのことでしたと。

いずれにしても、この屋敷《やしき》には手直しをしなければならない点がいくつかあるようだと、大佐は冷たく言いました。

このとき、ちょうど、たいていの森ではおなじみのそよ風が吹《ふ》いてきました。ガチョウの風見鶏《かざみどり》はくるくる回りましたが、すこしも音をたてなかったので、大佐はかなり安心したようでした。

　そのあいだに、モッロの使用人だった六十歳《さい》くらいのヴェットーレという男が屋敷《やしき》から出てきて、こう言いました。

「わたしがあなたのお世話をします。コーヒーの用意ができています」

第4章

翌朝《よくあさ》の十時半ごろカササギが鳴き、その知らせどおり、五人の男が屋敷《やしき》にやってきました。森林委員会のメンバーでした。

森林の所有者がむやみに木を切っていないかチェックするため、法律《ほうりつ》によって訪問調査《ほうもんちょうさ》が義務づけられているのだと、委員長が説明しました。

亡《な》くなったモッロの場合は、乱伐《らんばつ》にはあたらなかった。たしかに、この草地を取り囲む小さな森の木はかなり切ってしまったので、これから何年も休ませる必要がある。でも現在、少年ベンヴェヌートのものとなった森のすべては最高の状態に保たれているし、また谷の誇《ほこ》りでもある名高い古森《ふるもり》にはいっさい手をつけていないので、問題はない。しかし、規則は規則だから視察《しさつ》をやめるわけにはいかない、ということでした。

大佐《たいさ》はかなりためらうようなそぶりを見せましたが、本心では、いつも話に聞いていた古森《ふるもり》を早く見たかったので、いますぐそこに連れていかれることを喜んでいました。

大佐と委員会のメンバーは出かけていきました。もうすっかり木々がまばらになった森を通りぬけ(モッロがあちらこちら伐採《ばっさい》してしまったため、嵐《あらし》がきたら大災害を引き起こしてもおかしくない状態になっていることに、委員長はとても驚《おどろ》きました)、やがて六人は、とある柵《さく》のまえに着きました。そこからうっそうとした森が広がり、樹齢《じゅれい》を重ねた何種類ものモミの木が高くそびえています。

木を切ったようすはありませんでした。森の端《はし》に、寿命《じゅみょう》がつきたのか、それとも風に倒《たお》されたのか、一本の巨木《きょぼく》が横たわっているだけです。その倒木《とうぼく》はだれに運びだされることもなく、枝はやわらかな緑のコケにおおわれていました。

そこで、議論《ぎろん》がはじまりました。

古森《ふるもり》で木を何本か切るぐらいは許されるのかと、大佐はたずねてみました。とくに禁止されてはいないが、ある限度をこえてはならないというのが、委員長の答えでした。

そのとき、四人の委員のうちのひとりが口をはさみました。背《せ》の高い、がっちりしたからだつきのベルナルディという男で、年齢《ねんれい》ははっきりしません。

「法律《ほうりつ》で禁止されてはおりませんが」ベルナルディは、やわらかい物腰《ものごし》で言いました。

「大佐、あなたさまが立派《りっぱ》だったモッロさまに劣《おと》ることがないよう、お気をつけください。この森のモミほど年を経《へ》た木は、ほかにありません。そんなおつもりはないと信じていますが……」

「どうするつもりか、わたし自身にもまだわからない。しかし、それほどまでにくどくど言う理由があるとも思えないのだ。こんな言いかたをしては、失礼だが……」大佐がさえぎって言いました。

「わたしの話をすこしお聞きください」ベルナルディが言いました。「そして、どうか怒《おこ》らないでくださいますように。昔、それこそ何世紀もまえになりますが、この土地には一本の木も生えていませんでした。土地の持ち主は、〈ジャコ〉と呼ばれていた山賊《さんぞく》ジャコモ。小さな山賊団《さんぞくだん》の頭《かしら》で、親分肌《おやぶんはだ》のきっぷのいい男でした。ある日ジャコは手下《てした》をすべて失い、傷《きず》つき、死ぬほど疲《つか》れはててここに帰ってきました。そのとき、思ったのです。よくよく考えなくてはいけない。いつの日かおれは追われるはめになる。なのに、ここには身を隠《かく》す穴倉《あなぐら》すらないじゃないか。わが身を守るための森をこしらえなくては、と。そこで、ジャコはすぐに木を植えました。けれども木はゆっくりと成長するので、彼は八十歳《さい》になるまで待たなければなりませんでした。そうして森ができると、ジャコはふたたび手下《てした》を集め、新たな冒険《ぼうけん》へと旅立ったのです。そのときからもう何百年もたちました。時代おくれの話かもしれません。しかし大佐、ジャコがもう、もどらないなんて言いきれるでしょうか？　むしろわたしは、こう言いたい。彼が前ぶれもなく帰ってきてもおかしくないのです。まさに、今夜かもしれない。お金もなく、ひとりの手下《てした》すら連れていない可能性だってある。銃《じゅう》や棍棒《こんぼう》で武装《ぶそう》した百人もの男たちに、追われているかもしれない。おそらく女たちにも追われて。ジャコはただ、小さな新月刀《しんげつとう》だけを身につけ、お腹《なか》をすかせ、疲《つか》れきっているでしょう。そんな彼に、身を隠《かく》すための自分の森が元の姿《すがた》のままにあるのを、見せてやってはいけないのでしょうか？　いまでもやはり、ジャコの森と言えるのではありませんか」

「もういいかげんにしてくれ！」ついに大佐は、かんしゃくを起こしました。「そんなのは頭のおかしなやつのたわごとだ」

「ばかげた話とは思いません」ベルナルディは声高《こわだか》に言いました。「この森に手を出せば、邪悪《じゃあく》なことが起こるでしょう。忠告《ちゅうこく》させていただきます」

口の中でまだ何かつぶやきながら、ベルナルディは遠ざかり、ひとりで古森《ふるもり》の奥《おく》へ入っていきました。

すると委員長が、同僚《どうりょう》のことをかばいました。ベルナルディは変わり者で、すこし神経質かもしれないが、ほかのだれよりも森のことをよく知っている。木の治療《ちりょう》にかけて彼の右に出る者はないと。

大佐はすっかり気分を害したようすで、ひとりで帰ろうとしました。そのとき古森《ふるもり》の奥《おく》から声が聞こえたのです。「大佐、大佐。ちょっと見にいらしてください！」

「あのように呼ぶのは、だれなのかね？」大佐は委員長に聞きました。

「わかりません」ぎこちなく驚《おどろ》くふりをして、委員長が言いました。「まったくわかりません」

「このような悪ふざけには、まったくがまんならない」ベルナルディの声にまちがいないと思った大佐は、そう言いました。「あんたたちからあの男に言ってくれ」

そして、大佐は足ばやに屋敷《やしき》へと向かいました。いっぽう、森の奥深《おくふか》くで叫《さけ》ぶ声は、しだいに小さくなっていきました。「大佐！　大佐！」

第5章

これからお話しするできごとが、森林委員会の訪問《ほうもん》の翌日《よくじつ》に起きたのか、それとも二日後だったのかは、はっきりしていません。

夕食のあと、プローコロ大佐《たいさ》は屋敷《やしき》の前を散歩していました。

カササギの合図が聞こえたときは、もうほとんど暗くなりかけていました。

こんな時刻《じこく》に訪《おとず》れるのはだれだ。大佐は使用人のヴェットーレにたずねましたが、まったくわからないとの答え。

ところが二十分たっても、だれも到着《とうちゃく》しません。二回目にカササギが鳴いたのは、このときでした。

「一回ぐらいならまちがえて鳴くこともあるでしょうが、二回ともなると、これまでなかったことです」ヴェットーレが言いました。

草地を行ったり来たりしながら四十五分待ちましたが、だれも現れません。しびれを切らした大佐は、ヴェットーレにようすを見ているようにいいつけ、自分は寝《ね》ることにしました。

明かりを消して眠《ねむ》ろうとうつぶせになったのが、九時三十分。まさにその瞬間《しゅんかん》、カササギの三回目の合図が聞こえました。しかし、またしてもだれも来なかったのです。

十時三十分、十一時十分、十二時ちょうど、午前一時四十分、二時五十五分、三時四十三分、カササギの鳴き声が聞こえました。大佐は、そのたびに眠気《ねむけ》をこらえていらいらと待ち、明かりをつけては金時計で時刻《じこく》をたしかめました。

三時四十九分、十回目にカササギの声がしたとき、大佐ははね起き、服を着て銃《じゅう》と何発かの弾《たま》を手にとり、カササギがとまっている木へ向かいました。

その夜の月は、ほんのわずかに欠けはじめたばかりでした。

草地のはずれに着いた大佐は、まずまずの月明かりにもかかわらず、カササギの木はまだ先なのか、もう通りすぎてしまったのか、わからなくなっていました。しかしとつぜん、真上でしわがれた鳥の鳴き声が響《ひび》きました。

目を上げた大佐は、いちばん上の枝にとまっている見張りのカササギを見つけました。そしてすぐさま銃《じゅう》をかまえ、ねらいを定めて一発撃《う》ったのです。

銃声《じゅうせい》のとどろきがおさまると、弾《たま》に当たって枝でもがく、カササギの甲高《かんだか》い叫《さけ》びだけが残りました。それが野蛮《やばん》な呪《のろ》いの言葉であることは、大佐にもよくわかりました。

「こんな悪ふざけはもうたくさんだ。おまえなんかに、眠《ねむ》りをじゃまされるのはごめんだ」プローコロ大佐は叫《さけ》びました。「今晩《こんばん》、おまえは十回も合図をよこしたのに、だれも来なかったじゃないか」

「ひきょうもの！」カササギが叫《さけ》びました。「おまえのせいで、こんなにひどい傷《きず》を負った。今夜だれが通るのを見たか、おまえなんかにぜったい教えてやらない。教えてなんかやるものか」

「おまえは何も見てやしない。その証拠《しょうこ》に、わたしがここに来たときおまえは鳴き声をあげたが、わたしは屋敷《やしき》から来たんだからな」

「立ち止まっているおまえを見たが、わたしはすこしうとうとしていて、だれだかわからなかった。道を上ってきた者にちがいないと思って……たったいちどまちがえただけじゃないか！」

そのあいだにもカササギは、やっとのことで枝から枝をつたい、木の四分の一の高さまで下りてきました。弱っているところを見せまいと、傷《きず》ついたからだを翼《つばさ》で支えながら、まっすぐ起こしています。

しばらくのあいだ、あたりはしんと静まりかえっていましたが、やがて木の根元に、ピタッピタッという規則的で小さな音が聞こえはじめました。木からしたたり落ちる血のしずくだと、大佐は気がつきました。

「ここを通ったのはだれだ。だれを見て、おまえは合図をよこした」大佐はもういちどたずねました。

「おまえには教えない」カササギが答えました。「何度きいてもむだだ」

ふたたび静寂《せいじゃく》。木の根元に血のしたたる音が、まだ続いていました。

「おそらく、たいした傷《きず》ではないだろう」大佐は言いました。

「どうってことはない。心配してくれなくていい。それにわたしだって、こんな忌々《いまいま》しいところからは、いつか出ていきたかったのだ。わたしは、なんてお人よしだったんだろ

う。わたしが合図するのを、喜んでくれていると思っていたのに。でも、もうこんなところにはがまんできない。何もかも昔の勢いがなくなり、腐《くさ》りかけている。モッロも亡《な》くなった。いいか、大佐殿、あんたも年齢《ねんれい》というものをあなどってはいけない」

「まだごたくを並《なら》べる気なら、もう一発お見舞《みま》いするぞ」大佐はいらついて言いました。

カササギの口から声がもれましたが、その声はくぐもっていて、何を言っているのかわかりませんでした。

「あんたはひきょうにも、いきなりわたしに傷《きず》を負わせた」カササギはようやく、しぼり出すように言いました。「おそらく、わたしは死ぬだろう。それならせめて、詩を唱《うた》わせてほしい」

「詩を?」

「そうだ」カササギは悲しそうに言いました。「わたしの、たったひとつの気晴らしだ。ただ苦労するばかりだったが……ぜんぜん韻《いん》を踏《ふ》むことができない……もちろん、だれか聞いてくれる者がいなくては、つくっても意味がない……この一年で、たった二度だけ……」

「いいから」大佐はカササギの言葉をさえぎりました。「早くしてくれ、さあ……」

静けさのなか、間遠《まどお》になってきたピタッピタッというかすかな血のしずくの音だけが聞こえています。カササギは翼《つばさ》でからだを支え、渾身《こんしん》の力をふりしぼって身を立て、頭を月に向けました。やがて、やさしさを内に秘《ひ》めたしわがれ声が聞こえてきました。

あの日々を思い出す　だれもがわたしに言っていた。
「おまえは　みごとに飛べるようになる
幸せで　軽《かろ》やかな人生をつむぎだす
わたしたちより　ずっと長い生涯《しょうがい》を」
わたしの兄弟たちはくりかえした。
だからわたしは　あわてて答えた
「そうではない　おまえたちこそ
すばらしい力を　身にそなえる……」

ここでカササギは言いよどみ、息を切らして言いました。

「残念だが、続きが出てこない。ときどき、こうなる。なぜだろう……」

大佐は、なぐさめるように右手をふりました。そこで、カササギは続きをはじめました。

「では、つっかえたところから」

「……そうではない　おまえたちこそ
すばらしい力を　身にそなえる
おまえたちこそ　その名が知れわたる
記念碑《きねんひ》がつくられるほどにも
わたしよりもっとみごとに生きて
ずっと長生きすることになる」

すると　わたしの兄弟たちは言った。

「じぶんの長所を隠《かく》すのはなぜ？
大きな成功が
その手に秘《ひ》められているというのに」
そこでわたしは　あえて声を荒《あ》らだてた。
「いいやそうではない　兄弟たちよ
いつの日か　ナポレオンの赤に染《そ》まった雲に包まれ
アメリカに凱旋《がいせん》するのは
まさに　おまえたちなのだ」

ほめ言葉のやりとりは　これではやまなかった。
四月　八月　九月
十二月も　凍《こご》える風のなか　やまず
果てしないこのやりとりは　やまず。

「韻《いん》が踏《ふ》めたではないか!」大佐は、木の下から大きな声で言いました。

「たしかに」カササギがつぶやきました。「わたしも気がついたよ。残念なのは……」

大佐は目を凝《こ》らしました。カササギの頭が支えを失ったようになり、へなへなと倒《たお》れこむのが見えました。からだ全体がいっぽうに傾《かたむ》き、ほんのひととき平衡《へいこう》を保ってはいましたが、やがて枝から枝へと落ちてゆき、ドサッと地面に横たわったのです。

大佐はカササギを抱《だ》きあげ、手のなかで丹念《たんねん》にながめると、ふたたび地面にそっと横たえました。大佐がその場を立ち去ったとき、夜が明けようとしていました。

第6章

セバスティアーノ・プローコロ大佐《たいさ》が、どのようにして木の精や、風のマッテーオについて知ったのか、くわしいことはわかっていません。

使用人のヴェットーレは、こう言います。大佐はある晩《ばん》、森からもれる明かりに引き寄せられ、だれにも気づかれずにベルナルディの話を聞いたのではないかと。それはあの森林委員のベルナルディが、森の中で迷った三人の子どもたちを、ランタンで照らしながら寄宿学校に送っていくところでした。三人は、大佐の甥《おい》のベンヴェヌートの同級生です。大佐があとをつけているなどとは思いもよらず、ベルナルディは子どもたちに、木の精や風のマッテーオのことを話して聞かせていたのでしょう。

しかしほかの者は、大佐は最初から鳥たちの言葉を聞き分け、真実を知っていたのだと断言しています。

こんな推測《すいそく》は、どちらも説得力がありません。ただ、大佐が真実を知るまでにそれほど時間がかからなかったのは、疑《うたが》いの余地がないのです。そうでなければ、このあとの事件は起こらなかったでしょうから。

それは幾度《いくど》となく語られ、しかしだれも信じる者のない、言い伝えのなかの真実でした。とてもありそうにないことなので、奥谷《おくだに》ではいまでも本気にする者はいないでしょう。この本が読まれるようになったとしても、たぶん同じです。村の人びとの偏見《へんけん》や思いこみは、それほど強いのでした。

何世紀もまえから、古森《ふるもり》がほかの森とはちがうことに、人びとは気づいていました。口に出すことはないにしても、ほとんどの者がそう確信していたのです。しかし、どこがどうちがうのか、だれにも説明できませんでした。

ようやく真実が明らかになったのは、十九世紀の初頭《しょとう》でした。古森《ふるもり》に存在《そんざい》する特別なものとは何か、この谷間《たにあい》を旅していたドン・マルコ・マリオーニという神父が、はっきりと解き明かしてくれました。

とは言え、神父にしてみれば、それはたいして不思議なことではなかったのでしょう。

一八三六年にヴェローナで出版された『ある巡礼司祭《じゅんれいしさい》の地質学的、自然科学的覚書』で、短くふれているにすぎません。それは簡潔《かんけつ》で、かなり明確な記述です。

……みごとな景観《けいかん》でわたしを楽しませてくれる、この谷を行くのはうれしいことだ。その谷で、ある豊かな森を訪《おとず》れた。住人たちが古森《ふるもり》と名づけたその森の木々は、並《なみ》はずれて背《せ》が高く、聖《せい》カリメロの鐘楼《しょうろう》をはるかに上まわる。それらの木は、ほかの地方の森にもある妖精《ようせい》の住まいであると、わたしは気がついた。だが、谷に住む者たちにそのことをたずねても、知らないようだった。それぞれの木の幹に妖精《ようせい》が住んでいるものの、動物、あるいは人の姿《すがた》になって外に出てくるのは、ごくまれなことなのだとわたしは思う。素朴《そぼく》で慈愛《じあい》にあふれ、人間に危害《きがい》を加えることはできない者たちである。このような森が広がっているのだ……

マリオーニ神父は、古森《ふるもり》の木の精について書いた、最初で最後の自然科学者でした。そこで述べられていることは、すこしも耳新しいものではありません。というのは、かつて奥谷村《おくだにむら》のあたりで何度もくりかえされていた話でしたから。うわさを広めたのは、自分の目で妖精《ようせい》を見て納得《なっとく》した、数人の木こりたちだったのかもしれません。しかしだれもが、それをたわいもないうわさ話と受けとったのです。

じっさい、歴代《れきだい》の古森《ふるもり》の所有者や谷の住人たちは、これらのモミの木には何かふつうでないものがあるとわかっていました。この森の木を切る者がだれもいなかったという事実からも、説明がつきます。しかし、木の精が話題にのぼると、人びとはばかにしたように笑うのでした。

まだ先入観にとらわれない子どもたちだけが、森には妖精《ようせい》が住んでいることに気づいていました。そしてくわしく知りもせずに、よく妖精《ようせい》の話をしたものでした。でも両親からばかげたおとぎ話だと言われつづけ、子どもたちも大きくなるにつれて、考えが変わっていったのです。

つけ加えておかなければならないのは、わたしたち自身も、古森《ふるもり》の妖精《ようせい》について、それほど正確な情報をもっているわけではないということです。マリオーニ神父は、こう書いています。妖精《ようせい》たちは、動物か人の姿《すがた》になって木の幹から出ることができるが、それはかなり特別な状況《じょうきょう》でしか起こらないようだ。さらに、どのような方法をとっても、彼らの力では人間に抵抗《ていこう》できないということが、はっきりしているようでした。

木の精の命は、それぞれの木に結びついていました。だから寿命《じゅみょう》は何百年も続くのです。彼らはおしゃべり好きで、たいていは木のてっぺんにすわり、仲間や風と、一日じゅう話をしてすごしました。おしゃべりが夜まで続くこともよくありました。

木の精たちは、人間に木を切られることで死んでしまう危険《きけん》も、よくわかっているようでした。奥谷村《おくだにむら》の住人たちは知らなかったのですが、木の精のひとりが、そんな災《わざわ》いを避《さ》けるために何年も努力しているのはたしかでした。それが、あのベルナルディだったのです。

仲間にくらべて若《わか》く、やる気のあるベルナルディは、人の姿《すがた》になり、ほとんどいつも人間のあいだで生活していたようです。みんなを救うことだけが目的でした。まさにその目的のために、彼は森林委員会のメンバーになりました。そして、古森《ふるもり》の木を切らないようモッロを説得することに、何年ものあいだずっと苦労していました。

ベルナルディは、モッロが虚栄心《きょえいしん》の強い人間であることを見ぬき、その弱点をうまく利用する方法を考えだしました。モッロにも森林委員会の役員をさせ、功績を称《たた》えた賞状と騎士《きし》の称号《しょうごう》を贈《おく》るよう取りはからったのです。モッロが亡《な》くなると、彫像《ちょうぞう》も建てさせました。たしかに質素《しっそ》な像ではありましたが、うまくできていました。

ベルナルディは、自分の仲間のためにどれほど犠牲《ぎせい》を払《はら》い、策《さく》を講じ、努力してきたことでしょう。ほかの木の精たちがモミの木のてっぺんにすわって、妖精《ようせい》の歌をうたっているあいだ、ベルナルディはモッロのごきげんをとり、自分にとってはどうでもいい退屈《たいくつ》なことについておしゃべりしたり、好きでもないワインのグラスを前に、ぜんぜん楽しくもないカード遊びをしたりして、どれほどの夜をモッロとともにすごさなければならなかったことか。そうしているあいだも、窓《まど》からは、たとえようもなく芳《かぐわ》しい松ヤニの香《かお》りとともに、無邪気《むじゃき》に声をあわせる仲間の深々《ふかぶか》とした歌が流れこんでくるのでした。

プローコロ大佐の人となりがわかり、彼が古森《ふるもり》の木を切るつもりだと聞いたとき、ベルナルディはすぐに、どんなことをしても彼を説得できないだろうと悟《さと》りました。そこで彼は、仲間を救う最後の手段《しゅだん》として、風のマッテーオの力を借りる決心をしたのです。

第7章

二十世紀の初頭《しょとう》、風のマッテーオの名は奥谷《おくだに》で広く知られていました。じっさい、そこまで有名な風はほかにいませんでしたから。

マッテーオの力はいろいろとほめそやされていましたが、ほんとうかどうか、たしかなところはわかりません。それでもみんなはまちがいなく、彼をたいへん恐れていました。マッテーオが近づくと小鳥はさえずりをやめ、ウサギやリスやアルプスマーモットは巣穴《すあな》に逃《に》げこみ、牝牛《めうし》は長々と鳴きつづけるほどでした。

一九〇四年には、O《オー》谷のダムを崩壊《ほうかい》させたこともありました。建設工事が完了《かんりょう》し、いよいよ水を引こうというとき、現場監督《かんとく》のシモーネ・ディヴァーリが、仲間にこんなことを話したらしいのです。このダムはとても頑丈《がんじょう》なので、地震《じしん》にも激《はげ》しい風にも、びくともしないだろうよ……。

偶然この言葉を耳にした風のマッテーオは、おおいに腹《はら》を立てました。少なくとも、政府の調査団はそのように報告しています。マッテーオはすさまじい勢いでダムに向かって突進《とっしん》し、あっというまに、そそり立つ壁《かべ》を押《お》し倒《たお》してしまいました。

マッテーオは自尊心《じそんしん》が強いので、自分よりもっと強い風に会うおそれのある広い平野や大海原《おおうなばら》を漂《ただよ》うよりも、小さな谷ではあっても、その場所の支配者であることを望みました。驚《おどろ》くことには、彼よりずっと序列が上の風たちからも深く尊敬《そんけい》されており、台風をもたらす役割《やくわり》を一手《いって》にになう強大な風たちが、しばしば奥谷《おくだに》で立ち止まって、マッテーオとおしゃべりをしました。マッテーオはこうした風たちを相手にするときでさえ、粗野《そや》で横柄《おうへい》な態度を変えることはありませんでした。

マッテーオの力は、いつも夕暮《ゆうぐ》れの二時間まえにとくに強くなり、三日月《みかづき》のころ最高になりました。

谷の村にとほうもない被害《ひがい》を与《あた》えるほど強く吹《ふ》いたあとは、いつも疲《つか》れきっているようでした。人気《ひとけ》のない谷に横たわると、何週間もゆっくりとぐるぐる回るのですが、そのときに被害《ひがい》を与《あた》えることはありません。

そんなわけで、マッテーオは、いつもいつも憎《にく》まれていたわけではありません。事実、穏《おだ》やかな夜には、もうひとつのすぐれた才能をみせてくれました。すばらしい音楽を生みだすことができたのです。

森の奥《おく》のあちこちで、風を強めたり弱めたりしながら、マッテーオは音楽を奏《かな》でて楽しんでいました。嵐《あらし》のあとの晩《ばん》、賛美歌を思わせる長い歌が森から流れだすと、村の人びとは森のはずれにやってきて、澄《す》みきった夜空の下で、マッテーオの歌声をいつまでも聞いていました。

村の教会のオルガン弾《ひ》きはやきもちを焼き、マッテーオの音楽などたいしたものではないと、ばかにしました。でもある夜、みんなは、木の根元に身をひそめているオルガン弾《ひ》きを見つけました。彼は、見られていることに気づかないほど、マッテーオの歌にうっとり聞きほれていました。

よその国からやってきた大きな風のひとつが、洞穴《ほらあな》がどれほど快適な場所かをマッテーオに教えたのは、一九〇五年のことでした。断言するが、自分たち風がゆっくり休める場所は洞穴《ほらあな》だけだ。ただし、じゅうぶんに広くて、ぐるぐると回ることのできる穴《あな》を見つける必要がある。そこなら、想像もできないほど安らげるんだ。風はそう言いました。

マッテーオは、さっそく洞穴《ほらあな》を探しはじめました。小さいものはいくつも見つかりましたが、あんまり細くて管《くだ》のような場所では、中に入りきることもできません。奥《おく》に湖のある、教会の形をした広大な洞穴《ほらあな》も見つけましたが、道に迷った強い海の風にとっくに占《せん》領《りょう》されていました。マッテーオよりもはるかに強い風だったので、あきらめるほかありませんでした。

とうとう最後に、モッロの屋敷《やしき》の見張り役をしていたカササギが、よい場所を教えてくれました。古森《ふるもり》のいちばん高くなったところ、老人《ろうじん》の角《つの》のちょうどふもとに、井戸《いど》の口ぐらいの大きさの穴《あな》がある。その奥《おく》は丸い形の大きな洞穴《ほらあな》になっていて、だれも住んでいないよと。

マッテーオは急いで行ってみました。せまい入り口がたしかに見つかり、できるかぎり身を細くしてうしろに長く尾《お》を引きながら、やっとのことで洞穴《ほらあな》にもぐりこみました。中はとても広く、マッテーオは満足してゆっくりと回りはじめました。すると、とんでもなく大きな風の音が響《ひび》きわたり、洞穴《ほらあな》から外にあふれ出てきました。

いつもマッテーオの被害《ひがい》を受けている古森《ふるもり》の妖精《ようせい》たちが、その音を聞きつけました。木の精たちは、静かに幹から抜《ぬ》け出して、マッテーオを閉《と》じこめようと大きな岩を動かし、洞穴《ほらあな》の口まで押《お》していきました。そうしてついに、すっかり入り口をふさいでしまったのです。

マッテーオは、必死になって岩をどけようとしました。しかし中からどかすには、この穴《あな》ではせますぎて力が出せず、それにくらべて岩はあまりに重いものでした。

洞穴《ほらあな》の外では、それまでのように響《ひび》きわたる大きな音は聞こえなくなりました。そのかわりに、抜《ぬ》け出すにはあまりに細い割《わ》れ目をとおして、マッテーオの怒《いか》りくるったピューピューという響《ひび》きがもれはじめました。それは恐《おそ》ろしい呪《のろ》いの言葉で、いっときもやむことなく、昼も夜も続きました。あまりのすさまじさに、洞穴《ほらあな》のまわりの草はすべて枯《か》れ、木々の葉も落ちていったほどでした。

やがて年月がたち、ピューピューいう音はかぼそくなりました。呪《のろ》いの言葉ももうほとんど聞こえなくなり、出口をふさがれた穴《あな》のまわりには、若草《わかくさ》が芽を出しはじめました。

いままでは割《わ》れ目から、悲しそうなうめき声が聞こえてくるばかり。哀《あわ》れなマッテーオは、自分を外に出してほしいとたのみつづけました。その声はとぎれることがなく、動物たちは岩の前に集まってびっくりしながら聞いています。

マッテーオは、自分を解放してくれた者には完全に服従《ふくじゅう》すると約束しました。さらには、遠くの森の木々を引き抜《ぬ》き、はるかな牧草地からは牛や馬や羊の群れを空に持ちあげて運んできて、おまえを金持ちにしてやる。この世のほんのひとにぎりの王さまがもつような、大きな力を与《あた》えよう。敵が現れたらやっつけてやろう。雲を集め、場合によっては遠くに追いはらって、望むがまま、いい天気にも悪い天気にもしてやろう……そんなことまで約束したのでした。自分を自由にしてくれた者にはこうして感謝の気持ちを表わすのだと、ことこまかくいつまでも語りました。

それでも穴《あな》の外では、若草《わかくさ》や知りたがりやの野ウサギや、退屈《たいくつ》した小鳥の群れのほか、マッテーオの言葉に耳を貸す者はいませんでした。

第8章

プローコロ大佐《たいさ》は、こういうことすべてを知ったのです。それだけではありません。だれから聞いたのかはわかりませんが、ベルナルディが古森《ふるもり》の伐採《ばっさい》を阻止《そし》するために、風のマッテーオを救い出し、大佐を襲《おそ》うようにしむけるつもりでいると、そんな情報も得たのです。セバスティアーノ・プローコロは破滅《はめつ》させられるだろう、と。

そこで大佐は、ベルナルディの先手《せんて》を打つことにしました。みずから自転車で奥谷村《おくだにむら》まで下りていって四人の作業員を雇《やと》い、マッテーオを洞穴《ほらあな》から出すため、ふたたび谷を上っていったのです。マッテーオをしたがわせれば、自分にとって怖《こわ》いものは何もなくなると考えたからです。

つるはしやハンマー、てこ、たがね、それに地雷《じらい》と導火線をたずさえた四人の作業員と大佐は、照りつける太陽のもと、あえぎあえぎ進み、老人《ろうじん》の角《つの》のふもとに到着《とうちゃく》しました。

大佐は、穴《あな》をふさいでいる岩を苦もなく見つけ、マッテーオがまだ閉《と》じこめられていることをたしかめました。というのも、その大きな岩のうしろからは、かぼそく哀《あわ》れな声が聞こえてきたからです。

大佐は、ためらいながらもマッテーオと交渉《こうしょう》することにしました。自分の言うことを聞かれないよう、作業員たちを離《はな》れたところに待機させると、岩に近づき、手にしていたステッキで岩を激《はげ》しくたたいて声をかけました。

「中で話しているのはだれだ」

洞穴《ほらあな》からもれるピューッという鋭《するど》い音が、すぐに強くなり、意味のわからない言葉のようになりました。

プローコロ大佐はとっさにあとずさりし、うろたえました。「なんということだ。意思《いし》が通じ合えなかったら、どうしたらよいのだ……」

それでもすぐに気を取り直すと、ふたたび岩に近づき、さっきより大きな声でひとことひとこと区切りながら言いました。

「おまえを、解放したら、服従《ふくじゅう》を、誓《ちか》うか？」

するとマッテーオは、はっきりと言ったのです。

「もちろん、約束する」

「わたしは、プローコロ。セバスティアーノ・プローコロ大佐だ」

「もっとはっきり言ってくれ！　聞きとれない！」マッテーオはいらだったように言いました。

「セ、バ、ス、ティ、アーノ・プ、ロー、コ、ロ」ひとつひとつ区切りながら言う大佐の声は、まるで怒《おこ》っているように聞こえました。「さあ、誓《ちか》え、早くしろ」

マッテーオが、はっきりと答えました。

「誓《ちか》う、もし、バスティアーノが……」

「セバスティアーノだ！」大佐がほえるように言いました。

「……もし、セバスティアーノ・プローコロが、おれをこの洞穴《ほらあな》から出してくれたら、その者の命令に、いつでもしたがうことにしよう。その者の思うがまま、敵を打ち負かし、嵐《あらし》でも晴天でも望みどおりにしてやろう。感謝の気持ちを示すため、必要なら、人の命も奪《うば》うだろう。死を迎《むか》える最後の瞬間《しゅんかん》まで、おれの命は、セバスティアーノ・プローコロとともにあるだろう」

「たいへんけっこう」大佐は言った。「それで、すべてか?」

「そうだ。誓《ちか》いはすんだ」洞穴《ほらあな》の中でマッテーオが答えました。

そこで大佐は、プラスチックのホイッスルを吹《ふ》いて作業員を呼びもどし、この岩を吹《ふ》き飛《と》ばしてほしいと言いました。彼らはすぐに、つるはしやハンマーを力強くふるい、爆破《ばくは》の準備をはじめました。大佐はいちばん近くのモミの木の根元に行き、額の汗《あせ》をふいて、日陰《ひかげ》にすわって待っていました。

最初の爆破《ばくは》で、岩はこなごなになりました。洞穴《ほらあな》の口がぽっかりとあき、巨大《きょだい》な流しから水が引くように、激《はげ》しく風の渦巻《うずま》く音がせまってきました。いよいよマッテーオの姿《すがた》が見えました。

マッテーオは、できるかぎりえらく見せようというのか、爆発《ばくはつ》の煙《けむり》をあたりにまき散らしながら、竜巻《たつまき》みたいな形をして出てこようとしていました。あわてて立ち上がった大佐が、あらんかぎりの声で叫《さけ》んで洞穴《ほらあな》に駆《か》けよったとき、マッテーオのからだはまだわずかに穴《あな》から出ているだけでした。

「わたしの森だぞ、気をつけろ！　命じないときは森に手をつけるな！」

マッテーオが自分を閉《と》じこめた木の精たちに復讐《ふくしゅう》するため、森ごとか、あるいはその一部をなぎ倒《たお》すつもりではないかと、大佐は思ったのです。ステッキをふりまわす大佐を、作業員たちはあっけにとられて見ていました。

「怖《こわ》がることはない、大佐」空高く昇《のぼ》りながら、高慢《こうまん》な態度でマッテーオは言いました。大きな岩も吹《ふ》き飛《と》ばされ、鋭《するど》い音をたてて、崖下《がけした》に転がり落ちてゆきます。マッテーオは、老人《ろうじん》の角《つの》の絶壁《ぜっぺき》めがけて突進《とっしん》していきました。

大佐は身を守るためにしりぞき、作業員たちを帰すと、木陰《こかげ》で横になって休みました。三十分ほど、頭上で何かが動きまわる音が聞こえていました。二十年におよぶ拘束《こうそく》から解放されたマッテーオが、からだをのばしているところなのでしょう。

やがてマッテーオは、木の枝のあいだに吹《ふ》きつけながら、何か命令はあるかと大佐にたずねました。

すこしのあいだじっと考えたあと、大佐は答えました。命令はない、明日の朝、屋敷《やしき》に来るようにと。

「たったそれだけか？」マッテーオは皮肉っぽく言いました。

「たった、それだけだ。きょうは最初の日だ。だから、おまえはすこし休むといい」

マッテーオは遠ざかり、静けさがもどりました。やがて、大佐は家路《いえじ》をたどりはじめました。この日おろしたばかりの靴《くつ》が、歩くごとにきしんだ音をたてて、森の静寂《せいじゃく》を乱《みだ》していきました。

第9章

プローコロ大佐《たいさ》が古森《ふるもり》の伐採《ばっさい》を命じたのは、六月十五日のことでした。風のマッテーオにじゃまされる危険《きけん》がまったくなくなったいまでは、怖《こわ》いものはありません。森の中心へ向かって、ひとすじの帯状《おびじょう》に木を切っていくよう木こりたちに言いつけたのです。そうすれば、谷の上のほうから丸太を運ぶ必要ができたとき、便利な道になるというものです。

木こりたちは、森のはずれの高さ四十メートルもありそうな、かなり大きな赤モミの木にとりかかりました。三時半ごろ、大佐はマッテーオをしたがえて、ようすを見に出かけました。

近づくにつれ、騒々《そうぞう》しいノコギリの音が聞こえてきました。ところがその場所に着くと、赤モミのまわりに半円を描《えが》いてならぶおおぜいの人がいたので、大佐はあっけにとられました。

マッテーオにはそれが、仲間の最後に立ち会うために集まった木の精たちだとわかりました。全員ではありませんでしたが。赤モミの近くに生える木々の精だけが、集まっていたのです。そのなかにベルナルディがいることに、大佐はすぐ気づきました。

木の精たちは明るい色の目をしていて、素朴《そぼく》な顔立ちが日に焼けて乾《かわ》き、背《せ》が高くやせていました。洗練《せんれん》されているとはとても言えませんが、清潔で、百年もまえにはやったようなデザインの緑色の服を着ていました。全員がフェルトの帽子《ぼうし》を手にしています。ほとんどの妖精《ようせい》が白髪《しらが》で、ひげはありません。

大佐がやってきたことには、だれも気づいていないようすでした。それをいいことに、大佐は彼らの背後《はいご》に近づき、いったい何が起きているのか、もっと近くから見ようとしました。できるだけ静かに木の精たちのうしろにいて、彼らの服の布地が本物で、幻《まぼろし》などではないとたしかめるために、上着のすそにさわってみました。

自分たちをじっと見ている者などいないかのように、木こりたちはまったく気にかけるようすもなく作業を続けています。四人の木こりがノコギリを動かし、切れ目はすでに幹の半分以上に食いこんでいました。五人目の木こりが幹に上って、ちょうどいい場所に木が倒《たお》れるよう、ロープを結びつけました。

その木の根元近く、大きな石の上に、ほかの者たちによく似たひとりの木の精がすわっていました。いま切り倒《たお》されようとしている赤モミの木の精でした。木こりたちの作業を、一心《いっしん》に見守っています。

口を開く者はひとりもいません。聞こえるのはただノコギリをひく音と、マッテーオによって揺《ゆ》すられた枝がふれあう音だけでした。行きかう雲に、太陽は見《み》え隠《かく》れしています。まわりの木々にはおびただしい数の鳥がとまっているのに、切《き》り倒《たお》されようとしているモミの木には一羽の鳥もいないことに、大佐は気がつきました。ベルナルディが作業を見守る仲間たちからとつぜん離《はな》れると、だれもいないところを進み、石にひとりですわっている妖精《ようせい》に近づいて肩《かた》に手をおきました。

「わたしたちは、きみにあいさつをしに来たんだ、サルスティオ！」みんなを代表して話していることを知ってもらうため、ベルナルディは大きな声で言いました。赤モミの木の精は立ち上がりましたが、自分の幹をかじっているノコギリから目を離《はな》すことはありません。

「つらいことが起きている。いままでこんなことはなかった」ベルナルディは静かな声で続けました。「でも、わたしがどれほど伐採《ばっさい》をやめさせようとしてきたか、知っているね。わたしたちは裏切《うらぎ》られ、風のマッテーオが盗《ぬす》まれてしまったということも」

ベルナルディはそう言いながら、ほんの偶然かもしれませんが、木の精たちのうしろに隠《かく》れているプローコロ大佐のほうに目をやりました。

「わたしたちは、きみに別れのあいさつをしに来たんだよ」ベルナルディは続けました。「まさに今夜、きみは遠いところに行ってしまうだろう。若《わか》いころ、いくどとなく耳にした、大きな永遠の森に。果てしなく広がる緑の森。そこには、野ウサギもヤマネも、根をかじるオケラもいないし、木に穴《あな》を開けるキクイムシも、葉を食《く》い荒《あ》らす虫もいない。嵐《あらし》も来なければ、稲光《いなびかり》も雷《かみなり》も、夏のうだるような夜さえもない。

昔、倒《たお》れた仲間に会えるだろう。彼らは新しく生まれ変わり、その命は今度こそ永遠に続くのだ。若木《わかぎ》になって大地によみがえり、ふたたび花を咲《さ》かせることを学び、ゆっくりと空に向かってのびていく。彼らの多くは、もうずいぶん大きくなっているだろうね。もし老テオビオに会えたら、よろしく言ってほしい。あなたのようなモミの木はもういない、と。そう、二百年以上もたったのに。そう聞いて、彼は喜ぶにちがいないよ。

そうだね。こんなふうに旅立つのは、すこしつらいね。わたしたちは仲がよかったから、いま起きていることが信じられない。でもいつか、きっとまた会えるよ。わたしたちの枝は、いままでのようにふれあい、またおしゃべりに花を咲《さ》かせ、鳥たちがわたしたちの声に耳をすますことだろう。あの森には、ここでは見られない、さまざまに彩《いろど》られた大きくてとても美しい鳥がいる。

ほんとうはちゃんとしたスピーチをするつもりで来たのだけれど、こんなふうに、いつものようなおしゃべりをしたほうがいいね。何日かしたら、それこそ明日かもしれない、わたしたちのうちのだれかが、きみのあとを追うだろう。おおぜいかもしれないし、そのなかにわたしもいるかもしれない。

きみは用意された自分の場所を見つけ、ゆっくりと幹を元の姿《すがた》にもどすだろう。きっと、いまよりもずっと美しい姿《すがた》になるよ。その森のモミの木は、三百メートルもあって、雲が頭をかすめて通りすぎることだろう。そしてきみはついに、そこでの幸せを見出《みいだ》す。二か月、あるいは三か月後かもしれないけれど、きみはこの古森《ふるもり》の兄弟たちを忘《わす》れて、わたしたちが幸せだったころのことさえ、もう思い出さないかもしれない。それだけが気がかりなんだ」

ベルナルディは口をつぐみました。サルスティオは、ベルナルディの手を握《にぎ》りながら言いました。

「ありがとう。さあ、ほかのみんなといっしょに帰ってくれ。どうやら荒《あ》れ模様《もよう》になってきたようだ。別れのあいさつをしている場合じゃないよ」

第10章

ベルナルディが話をしているあいだに、嵐《あらし》が近づいていました。大きな黒雲が空に重く垂《た》れこみ、激《はげ》しい風が森をたたきだしました。ここかしこで、木の枝がとつぜん折れる音が聞こえます。

木の精たちは、自分の木が風に倒《たお》されるかもしれないと心配になり、ようすを見に帰りたいと思いました。じっさい、ベルナルディが話しているあいだ、いままさに息絶えようとしている仲間を残してひとり、またひとり、そっと立ち去っていったのです。

こうして古森《ふるもり》のはずれには、木こりたちとベルナルディと、サルスティオと、大佐《たいさ》だけが残りました。しかしやがて、ベルナルディもまた森の奥《おく》へと足ばやに遠ざかっていきました。

プローコロ大佐は、この嵐《あらし》を引き起こしたのはマッテーオではないかと疑《うたが》い、彼の名前を呼びました。すると、まるでずっとそのまわりを音も立てずに回っていたかのように、風のマッテーオはすぐに返事をして、自分は何もしていないとはっきり伝えました。けれども、大佐は納得《なっとく》しません。混乱《こんらん》に乗じてほかの風にまぎれ、マッテーオも何度かモミの木に激《はげ》しくぶつかっていったにちがいないと思ったのでした。

プローコロ大佐が、なぜこれほどの悪天候のなかで立ち去ろうとしなかったのか、まったく説明のつかないことでした。木の精たちが帰ってしまったので、いまではもう身を隠《かく》すものもなく、大佐はそこにじっとしていました。森では梢《こずえ》のサラサラという音が、くぐもったゴウゴウという音に変わり、たびたびノコギリの騒音《そうおん》をかき消していました。

切《き》り倒《たお》されようとしているモミの木の精が、とつぜん大佐に近づいてきてたずねました。

「命令を取り消しにきたのか？」

「なんの命令だ？」大佐がききました。

「森の所有者、プローコロ大佐が考えを変え、伐採《ばっさい》の命令を中止するのかと思ったんだ」

「プローコロ大佐は、その人生において、みずからくだした命令を取り消したことなど断じてない」大佐は冷たく言い放《はな》ちました。

「大佐をよく知っているのか？」

「ずっとまえから」

「もしもここで作業をやめれば」赤モミの木の精は木こりたちを見ずに、身ぶりで示して言いました。「傷口《きずぐち》はふさがり、わたしは生きながらえるかもしれない……」それからとつぜんふり向くと、何かを指《さ》すように右手をのばし、絶望的な声で叫《さけ》びました。「あぁ、あそこを見ろ、なんということだ！……」

風に押《お》されて予定とは反対の側に木が倒《たお》されるのを恐《おそ》れた木こりたちが、猛《もう》スピードで作業を続けたので、ノコギリはほとんどすっぽりと幹の中に入っていました。彼らはロープにしがみつき、力をあわせて、モミの木を引きずり倒《たお》そうと引っぱっています。

「気をつけてください！　大佐！」大佐が木に近づきすぎていたので、下敷《したじ》きになることを心配して、木こりのひとりが叫《さけ》びました。

けれども、大佐はじっとしていました。木の精は、不思議なことにとつぜん姿《すがた》を消していました。赤モミの木からは、きしみながら引き裂《さ》かれていく音が聞こえます。幹はゆっくりと傾《かたむ》きはじめ、スピードを増し、やがてドスンという大きな音をたてて倒《たお》れてしまいました。

数分のあいだ、つぶされた枝が、うめきにも似た音を出しつづけていました。やがてそれも消え、嵐《あらし》の音だけが残りました。空がますます暗くなって、木こりたちは道具をかき集めると、走るように帰っていきました。

そのときになってもまだ、大佐は帰ろうとしませんでした。嵐《あらし》と、ふいに訪《おとず》れた夕暮《ゆうぐ》れとの暗がりのなか、輪郭《りんかく》があいまいになって横たわる赤モミの木を、じっと見つめていました。森は陰鬱《いんうつ》な城壁《じょうへき》のように数メートルほども高く感じられ、重苦しい声がますます強く聞こえてきます。

大佐は、もはや動くことができないように見えました。三十分ほど、じっと立ちつくしていました。われに返ったとき、すでにあたりは暗く、風はますます激《はげ》しくなって、雨も降《ふ》りはじめていました。

大佐はそれから、恐《おそ》ろしい怒《いか》りにとつぜん襲《おそ》われたかのように、ステッキをふりまわして叫《さけ》びました。

「マッテーオ！　マッテーオ！」

答える声はありません。聞こえるのはただ、森に打ちつけるほかの風たちの、大佐には意味の理解できないピューーピューーという声だけです。

大佐はいつものようにきびしい、でもみるからにいらいらしたようすで、屋敷《やしき》に向かって歩きだし、雷鳴《らいめい》と雷鳴《らいめい》の合い間に六回、七回とマッテーオを呼びました。その声は、森の響《ひび》きに飲みこまれて消えていったのです。

ところが、たいして進まないうちに大佐は道に迷ってしまいました。薄暗《うすくら》がりのなかでは、やって来た小道を探しあてることなど、とうてい無理です。しかもいまでは、どしゃぶりの雨になっていました。

一本の木のうしろから、とつぜん、ひとりの男が現れました。大佐は、それがベルナルディだとわかったのですが、それでも安心したようでした。

「ようやく人に会えた」大佐は大声で言いました。「道に迷ってしまった」

「わたしがお送りしましょう」ベルナルディが答えました。「お話があります」

第11章

夜明けまでつづいたあの長い話し合いで、ふたりが何を話したのかはわかりません。大《たい》佐《さ》は書斎《しょさい》に鍵《かぎ》をかけ、マッテーオにのぞかれないように板戸まで閉《し》めて、ベルナルディとともに閉《と》じこもりました。だから、証人はいないのです。

その夜、書斎《しょさい》には、ネズミさえ姿《すがた》を見せませんでした。あとに起こったことから推測《すいそく》するしかないのです。——古い戸棚《とだな》などは、ひょっとしたら何か聞いたかもしれません。でも彼らに問いただしても、ときどきギーギーときしる音を出すだけです。だから、家具たちがそのいきさつを語れるようになるとしても、少なくとも三十年はかかることでしょう。——

大佐はその夜、古森《ふるもり》の木を切るのをひとまずやめることを、ベルナルディに約束したのでした。赤モミの木の精サルスティオの死に、ちょっとしたショックを受けたのかもしれませんが、大佐が納得《なっとく》したおもな理由は、おそらく妖精《ようせい》ベルナルディから提案された見返りでした。

たしかなことはわからないにせよ、この契約《けいやく》で、大佐が古森《ふるもり》の妖精《ようせい》に対して大きな力を手に入れたのは疑《うたが》いようのないことでした。ベルナルディは、妖精《ようせい》たちが折れた枝や自然に倒《たお》れた古木《こぼく》を集めて、馬車やトラックに積みこみやすい草地のはずれまで運んでくることを約束したのです。森の広さからすると、そのような木は数えきれないほどありました。だからその木を売れば、大佐は少なく見積もっても、じっさいに木を切るよりたくさんの収入《しゅうにゅう》を手に入れることができます。おまけに、森を損《そこ》なわずにすむのです。それに、妖《よう》精《せい》たちが手を貸さなければ、森に散らばったこのような木々をすべて集めることは不可能でした。

六月十五日のこの契約《けいやく》によって、いままでもよく谷で話題にのぼる〝隠《かく》れた力〟を、大佐は手に入れました。大佐に与《あた》えられた力がどのようなものだったか、だれも正確には知らなかったので、まさにこのためにばかげたうわさ話が生まれ、元軍人という大佐の人物像が忌《い》まわしいオーラを帯びることになりました。（注目すべき点をひとつ。少年ベンヴェヌートが受け継《つ》いだひじょうに広い森では、そのあいだにもきちんと順を追って伐採《ばっさい》が行われていたということです。前述したように、その管理は少年の後見人《こうけんにん》である大佐が行っていました。）

古森《ふるもり》で大佐に与《あた》えられた権利《けんり》は、ほとんど薪《たきぎ》を手に入れることだけにかぎられていました。ひとりひとりの妖精《ようせい》たちに関しては、どんな権限《けんげん》もありません。とはいえそれは、人間がだれひとり手にしたことのない力でした。

第12章

ある晩《ばん》(六月二十一日のこと)、森で祭《まつり》がありました。だれに聞いたわけでもなく、プローコロ大佐《たいさ》は夜の十時ごろ、そのことに気づきました。――月の大きな晴れた夜に催《もよお》される森の祭《まつり》。それがいつ行われるのか、あたりの特別な気配《けはい》からしかわかりません。なんの前ぶれもないので、たいていの人は気がつかないのですが、なかには簡単《かんたん》にわかる人もいます。それは、ひとえに感受性の問題です。ある人には自然についての能力がそなわっているけれど、反対にまったくない人もいて、そんな人はこの幸運な夜、森の中で起こっていることなど考えてみることもなく、ただいつものようにすごすのです。――

農場管理人のアイウーティは、仕事が片付《かたづ》かず、まだ屋敷《やしき》に残っていました。大佐は理由も言わずに、いきなりたずねました。古森《ふるもり》の奥《おく》に入る小道を知っているか、知っているならそこに案内してくれないか。

「知っています」アイウーティは答えました。（マッテーオは日暮《ひぐ》れにやってきて「自分は遠くまで出かけるので朝までもどれない」と言っていました。）

大佐とアイウーティは、三十分後、古森《ふるもり》のはずれに到着《とうちゃく》しました。ランタンで照らしながら、森の中心へ向かう細い道に足を踏《ふ》み入れ、月明かりに浮《う》かぶ森の中の広い草地のはずれまで、足ばやに歩きつづけました。

草地のまわりには、目もくらむほど丈《たけ》の高いモミの木々が、闇《やみ》に沈《しず》んでいます。真ん中は草が生えそろい、そこに一本の木が横たわっていました。どれほどまえに倒《たお》れたのか、枝や葉はすっかり落ちています。

そのとき、祭《まつり》がはじまりました。でも祭《まつり》らしいものといえば、モミの木々に沿《そ》ってすべる鬼火《おにび》や、清らかな月の光、そして、草地のはずれに集まった数えきれないほどの木の精たちだけでした。まるで何かを待っているように、じっと静かに闇《やみ》のなかにしゃがむ木の精たち。大佐は、そのようすをこっそりのぞいていました。

大佐とアイウーティが森の茂《しげ》みから出たとたん、ランタンの火が消えました。（とても奇妙《きみょう》なこのできごとについて、のちにいろいろうわさが流れました。ある者はこう主張します。大佐は姿《すがた》を見られることを恐《おそ》れ、わざと明かりを消したのではないか。しかし、それはあきらかに、プローコロ大佐をよく知らない者の言うことです。）

大佐とアイウーティは、暗闇《くらやみ》の端《はし》にとどまり、草地で起こっていることを見守っていました。「くだらないな。特別なことなど、何もないではないか」アイウーティにそう言うと、大佐はカラカラと笑いました。その声は、深い静寂《せいじゃく》のなかで恐《おそ》ろしげに響《ひび》きわたりました。

「もう帰ってもいいですか？」そのときアイウーティが言いました。「村まで行かなければなりません。明日、用事があるものですから」

大佐は返事もしないで、森に広がるのびやかな響《ひび》きに耳をかたむけました。聞きおぼえがあります。風のマッテーオの声でした。

このとき、はるかかなたから、かすかな鐘《かね》の音が聞こえてきました。大佐が金の懐中《かいちゅう》時計を見ると、真夜中になっていました。

十二時ちょうど、風のマッテーオがコンサートをはじめました。草地をめぐり、葉の落ちた幹や低い木々の枝葉《えだは》をふるわせて、音をつむいでゆきます。そのハーモニーは、ますます豊かにあふれ、やがてほんものの歌となって聞こえてきました。

だれも彼に気づかない
秋の午後
家並《いえな》みの近くをすぎるとき
長いなごりをのこしながら
嵐《あらし》の気配《けはい》の空におおわれた
白くほこりっぽい道に
ほとんどいつも人気《ひとけ》のない道に。
人びとは自分のことに気をとられ
あちらこちら気にかけながら
黒い服の彼が
家々の近くをすぎるとき。
あとになってようやく気づく。

「彼のなごりを見たか?」と言う。
このあたりを通ったにちがいない
わたしたちの苦しみが!
ただわたしだけが彼に会った
秋の午後のわたしだけ
いつも道を急いですぎていく
だれにも気にもとめられず。
あの日、彼は背中《せなか》に乗せて……

ここでマッテーオの歌は、ふいにとまりました。

「……肩《かた》にかついで……いやちがう、そうではなかった。もう思い出せない。二十年以上もたってしまった。そのあいだ、一度もこの歌をうたわなかったのだ。教えてくれないか。森の妖精《ようせい》たちよ、ひょっとして続きを覚えていないだろうか?」

「あれから、あまりに長い時がすぎたのですよ」ひとりの木の精が、暗闇《くらやみ》から答えました。「教えてあげられたらいいのだけれど。でも、ほかの歌をためしてごらん」

ふたたび、マッテーオの声が聞こえました。

「フクロウ王の遺言《ゆいごん》の物語を歌おう……」

だれも見つけられなかった
それでもあるのだ　どこかには
岩の割《わ》れ目か
木のうろか
それとも土の下
ガラスの宝石箱《ほうせきばこ》に入れられ。
その財宝《ざいほう》はあふれるほどで
山なす黄金
山なすルビー。
なのに王は　眠《ねむ》れぬ夜にやつれ果てた

いっときも休まず
遺言《ゆいごん》を書きつづけたから
その死のときに間に合わないと恐《おそ》れるあまり。
書いたページは三千ページ……

マッテーオは、また歌いよどみました。

「書いたページは三千三百ページ……いや、そうじゃない。この歌も続けられないぞ。もうよく思い出せない。フクロウたち、ああフクロウたちよ、教えてほしい。続きはどうだったか」

モミの木の高みから、しわがれ声がとどきました。

「たとえ覚えていても、おまえには、ひとことだって教えてやるまい。フクロウ王の物語は、あまり好きではなかった。もっと言えば、不真面目《ふまじめ》な者の話のようにも思えるのだから」

そこでマッテーオは、「ではドッソの歌をうたおう」と、三つ目の歌をうたいはじめました。でもその声は、あきらかにふるえていました。自分が何度も歌の続きを忘《わす》れたことで、祭《まつり》をだいなしにしてしまうと恐《おそ》れたからです。

怖《こわ》いもの知らずの少年ドッソ。
獣《けもの》たちはみな恐《おそ》れていた
彼の死を望むほどにも。
だからドッソが眠《ねむ》りにつくと
夜《よ》ごと家のまわりに集まって
夜明けまでほえたてた
彼をふるえあがらせるために。
ドッソは目を覚ましてかっとなり
おもちゃの銃《じゅう》を撃《う》ちはじめた。
ある晩《ばん》はキツネを殺し
次の晩《ばん》にはブナテンを

あるいは犬を、マーモットやハリネズミを。
それでも獣《けもの》たちは毎晩《まいばん》やってきて
あるときドッソに言った。
「おまえに勇気があるなら、〈灰色岩屋《はいいろいわや》〉をひらきに行け
野牛《バイソン》が閉《と》じこめられている」
そこで、ドッソはある朝〈灰色岩屋《はいいろいわや》〉に出かけ
鉄の扉《とびら》をこじ開けた。
野牛《バイソン》は姿《すがた》を見せず
ただヴォーヴォーと鳴いただけ
その声で、子どもの耳は聞こえなくなった
それで……

マッテーオは、また続けられなくなりました。
「この歌もだめだ……おれはほんとうに、何もかも忘《わす》れてしまった」

そのとき、草地のはずれから、小さな甲高《かんだか》い子どもの声が響《ひび》きました。
「ぼく、覚えてるよ！　古い本で読んだことがあるんだ」そう言うと、正確なメロディで続きを歌いはじめたのです。

それでドッソは恐《おそ》れおののき
ふるえあがって家まで帰った。
もうその日から、おもちゃの銃《じゅう》を手に
森や野原をかけまわる彼の姿《すがた》はなく
家の戸口にすわっているばかり。
獣《けもの》たちには、彼の身に起きたことがわからない
ただふしぎにも、ずいぶん変わってしまった。
夜《よ》ごと来てドッソを怖《こわ》がらせるのはやめ
今度は音をたてないようにした
目を覚ますことを恐《おそ》れて。

獣《けもの》たちは、ドッソが音を失ったことに気づかない
いつも時間をまちがえて
毎朝、夜明けの四時間もまえに刻《とき》の声をあげるおんどりでさえ
いまでは静かにしている
子どもの眠《ねむ》りを妨《さまた》げないように！

歌っているのは、ひとりの少年でした。わりあい近くにいた大佐は、注意深くその子どもを見てみました。でも、濃《こ》い闇《やみ》にじゃまされて、はっきりとは見えません。

少年があとを続けて歌いはじめると、マッテーオもすぐに気を取り直して歌いだし、その声は子どもの声とひとつにとけあいました。ふたりは何度も練習を重ねたかのように、息を合わせて歌ったのです。マッテーオは自信をとりもどし、二十年まえのように、みごとな音色《ねいろ》を森から引き出していきます。モミの梢《こずえ》は、歌のリズムにあわせて右に左にゆらゆら揺《ゆ》れました。

歌い終えると、少年は月明かりのなかへ二、三歩進み出ました。それは、ほかでもない、

甥《おい》のベンヴェヌートでした。

大佐は飛び出し、いきなり少年の前に立ちはだかってどなりました。

「こんな夜中に寄宿舎から抜《ぬ》け出すとは、いったい何事だ！」

叔父《おじ》を見て、ベンヴェヌートはふるえあがりました。すぐさまくるりと背《せ》を向け、三、四人の仲間といっしょに森の中へ逃《に》げていきます。仲間たちもまた、そのときまで暗がりにすわっていたのでした。

子どもたちが遠ざかり、どなった声がこだまになって森の奥深《おくふか》く消えていくと、大佐は草地の真ん中に歩み出て、声高《こわだか》に命じました。

「さあ、続きを！　この歌はわるくないぞ」

しかし、マッテーオは、もう歌いませんでした。あとには重苦しい静けさが残るばかり。大佐は、木の精たちが音もたてず、すばやく遠ざかっていくのに気づきました。そのなかのひとりが、大きな樽《たる》を手にして草地に姿《すがた》を現し、指のふしくれで樽《たる》の板をコッコッとたたいて、鬼火《おにび》を呼び集めました。鬼火《おにび》はひとつ、またひとつと地表に降《お》りてきて、そっと樽《たる》にすべりこみます。すべて集めると、その木の精もまた森の奥《おく》へと去っていきました。

そのとき、草地のはずれにまだ残っていたひとりに、大佐は気づきました。

「いったいどういうことなんだ」大佐は叫《さけ》びました。「子どもたちが帰ってしまったら、祭《まつり》も終わりというわけか？　まだわたしがいるではないか」

その木の精は大佐のところにやってきました。ベルナルディです。

「わたしには、どうしようもないのです。どうやらマッテーオも帰ってしまったようだし。じつは、わたしの仲間はいつも子どもたちが好きなので」

「おまえたちも、人間と同じなのだな」大佐は、苦々《にがにが》しい口調で言いました。「相手が子どもだと、これでもかとばかりに愛情をそそぐが、いやというほど働いて疲《つか》れきった大人には、一匹の犬さえ目もくれない」

「たぶん、ほんとうの理由はほかにあります」ベルナルディが穏《おだ》やかに反論《はんろん》しました。「ある年齢《ねんれい》になると、あなたたち人間は変わる。子どものころとは、まったくちがってしまいます。別人のようになるのです。あなたもそうだ、大佐。昔は、いまのあなたとはちがっていたはずだ……」

ふたりは黙《だま》りこみ、向きあったままでいました。やがてベルナルディはあいさつをし、もうすっかりだれもいなくなった静かな森の茂《しげ》みへ、ゆっくりと入っていきました。

とうとう大佐も歩きだしました。明かりの消えたランタンが揺《ゆ》れて、かすかにキーキー音をたてます。六、七歩進んだところで立ち止まると、さっとうしろをふり向きました。だれか、あとをつけて来る気配《けはい》がしたのです。

あたりをうかがっても、だれもいません。月明かりのもと、すべては穏《おだ》やかにじっとしていました。

そのとき大佐は、自分のうしろにのびる、とほうもなく巨大《きょだい》な黒い影《かげ》に気がついたのです。月が沈《しず》みはじめ、光はかなり斜《なな》めになっていたものの、それだけではこの異様《いよう》な影《かげ》の長さを説明できませんでした。

大佐はさらに二、三歩あるき、ふたたびふり返りました。

「何が望みだ、忌々《いまいま》しい影《かげ》め！」怒《いか》りくるった声でききました。

「何も」そう影《かげ》は答えました。

第13章

どのように生まれたのか、だれにもわからない不吉《ふきつ》な願望《ねがい》が、人気《ひとけ》のないあちこちの谷を、当てどもなくさまよっています。人の心の奥深《おくふか》く忍《しの》びこみ、孤独《こどく》のなかで大きくなるのです。

そんな願望《ねがい》が心にはびこるためには、北風の吹《ふ》きすさぶ日に、ときどき森をじっと見つめているだけでじゅうぶんでした。あるいは、円錐《えんすい》のかたちの雲をながめたり、北西にのびる何か怪《あや》しい獣道《けものみち》をたどるだけで。

このようなことが、プローコロ大佐《たいさ》の身にも生じたのです。ある晩《ばん》、彼の心にひとつの思いつきが生まれ、すこしずつふくらんでいきました。

「甥《おい》のベンヴェヌートが死ねばいい」

自分の森をじっさいに調べた当初から、大佐は叔父《おじ》モッロがまったく不公平にも、いちばん広くもっとも状態のいい森を少年ベンヴェヌートに残したと思いこんでいました。さらに、古森《ふるもり》が引き起こすやっかいごとの数々や木の精たちのことが、彼を憂鬱《ゆううつ》な気分にしていました。森の祭《まつり》での出会いを含《ふく》めて、六、七回見かけただけの臆病《おくびょう》で弱々しく見えるベンヴェヌートは、彼にとってはじっさいどうでもいい存在《そんざい》でした。ベンヴェヌートを負《ふ》担《たん》に思いはじめ、しだいにひどく嫌《きら》うようになり、しまいには彼が死んですべてが自分のものになればいいと望むまでになったのです。

森の悪《あ》しき魔力《まりょく》にはぐくまれ、大佐の心のなかで熟《じゅく》していく秘《ひ》めた願望《ねがい》に気づく者は、もちろんだれひとりいませんでした。おそらく、風のマッテーオを除《のぞ》いては。

とはいえ、大佐に近づく者たちは、彼のまなざしに油断ならないものを見、言葉にも奇《き》妙《みょう》な響《ひび》きを感じとりました。不吉《ふきつ》なことでも起きるのではないかと思い、無意識のうちに大佐との話を早めに切りあげるのでした。

大佐の正気《しょうき》とは思えないこの考えが、ついに明らかになりました。六月二十三日の早朝、屋敷《やしき》の前での大佐とマッテーオの会話を、かなり信用できるある人物が耳にしたのです。

「昨夜《ゆうべ》わたしは、ある夢を見た」大佐は言いました。「ベンヴェヌートが死んだ夢だ」

「しかし、それほどばかげた夢でもないだろう。ベンヴェヌートは、ことのほか病弱だから」

「わたしは、ベンヴェヌートが死んだ夢を見たのだ。そして、あいつの森すべてを手に入れた」

マッテーオは黙《だま》っていました。

「わたしは、すべての森の所有者になったのだ」間《ま》をおいてから、大佐はふたたび同じことを言いました。そこでマッテーオが言いました。

「はっきり言ったらどうだ。おれにベンヴェヌートを殺してほしいんだろう?」

大佐は答えませんでした。

「そんなことなら、おやすい御用《ごよう》だ。できれば、前もって練習したほうがいいかもしれない。ちょうどいい瞬間《しゅんかん》に、おあつらえむきの突風《とっぷう》を吹《ふ》かせるために。そうじゃないかね、大佐。それならぜったい、だれにも怪《あや》しまれないだろう」

「そうだな。おまえはわたしに服従《ふくじゅう》を誓《ちか》ったのだから」

第14章

ベンヴェヌートのいる寄宿学校は、奥谷村《おくだにむら》から八キロほどの道沿《みちぞ》いにありました。だんだんと上っていくその途中《とちゅう》から、針葉樹《しんようじゅ》の森がはじまります。しかし古森《ふるもり》は、まだ一キロも先でした。

六月二十四日。一時間ある自由時間に、なぜかはわかりませんが、ベンヴェヌートは森に向かっていました。午後二時ごろのことです。マッテーオが彼に襲《おそ》いかかったのは、そのときでした。

それまで経験したことのないほど強い風に、とつぜん背後《はいご》から襲《おそ》われ、少年は草地に倒《たお》れてしまいました。激《はげ》しい恐怖《きょうふ》を感じたベンヴェヌートは、起きあがると、あえぎながら寄宿学校めざして走りだしました。いつも、弱虫、弱虫とからかわれていなかったら、だれかに助けを求めていたでしょう。でもそんなことをしたら、今度だって友だちは、自分をばかにして笑うにちがいありません。

けれども、寄宿学校にもどろうとしてもうまくいきませんでした。学校へ通じる道からそらせようと、マッテーオは横のほうから吹《ふ》きつけていたのです。自分の身にふりかかっていることが理解できないまま、ベンヴェヌートはなすすべもなく走りつづけ、あっというまに、学校の方角からそれてしまいました。そしてマッテーオに吹《ふ》きつけられ、ときどき地面に倒《たお》れながら、草の生《お》い茂《しげ》った広いくぼ地に下りました。いまではもう、だれにも声は届《とど》きません。これこそ、マッテーオの望みどおりでした。ひとたびだれからも見られる危険《きけん》がなくなったら、とどめの一撃《いちげき》を加えるつもりでいたのです。

もし少年が、あたりをとりまく森に逃《に》げこんでしまったら、別の方角、つまり谷の端《はし》から吹《ふ》きつけることになります。それだと森の木々にじゃまをされて四倍の力が必要になる、だからいまのうちだと、マッテーオにはわかっていました。ところが、草地の真ん中に、いまにもくずれそうなちっぽけな小屋が現れたのです。まさかそこにベンヴェヌートが逃《に》げこむなどとは、考えもしないことでした。

力のかぎり走りぬいたせいでへとへとになったベンヴェヌートは、ぜいぜいと苦しげに息を切らせながら、その小さな小屋に飛《と》びこみました。数枚の木切れで雑に作られたとびらをやっとの思いで閉《し》め、からだ全体で押《お》さえました。そして絶望にかられて、とうとう大声で泣きだしてしまいました。

小屋にぶつかる風の音で、それがマッテーオだと気づいたベンヴェヌートは、すこし元気を取りもどしました。そして泣《な》き叫《さけ》ぶのをやめ、呼びかけたのです。

「マッテーオ！　マッテーオ！」

しかし少年の声に、外にいる風は答えませんでした。

木の小屋は突風《とっぷう》にあおられ、激《はげ》しく揺《ゆ》れました。すき間からもれる陽《ひ》の光の細い帯が、床《ゆか》でふるえています。小屋はいまにもばらばらになりそうでした。

くぐもった風の声に、何か悪意のある怒《いか》り、危害《きがい》を加えようとしている意図《いと》があるのをベンヴェヌートは感じとりました。

「小屋さん、がんばって！」少年は叫《さけ》びました。「うわぁ！　わぁ、助《たす》けて！」

「とても無理だ」小屋が言いました。「おれはもう、昔のように頑丈《がんじょう》じゃない。できるかぎりやってみるが、長くは持ちこたえられんだろう」

マッテーオの決定的な一撃《いちげき》がいまにも加えられるのではないかと恐怖《きょうふ》にふるえながら、ベンヴェヌートは必死にドアを押《お》さえていました。ダム事件や、マッテーオの恐《おそ》ろしい怒《いか》り、彼が破壊《はかい》したもののうわさを、少年もまた耳にしていたのです。

しばらくすると、風の吹《ふ》き荒《あ》れる音がやみました。

「勢いをつけるために、いったんここから離《はな》れたんだ！」屋根をきしませながら、小屋が言いました。「もうほんとにおしまいだ」

あたりは静まりかえりました。ベンヴェヌートは、声を押《お》し殺《ころ》して激《はげ》しくすすり泣いています。

すると遠くから、スズメバチの群れがたてるようなくぐもったうなりが聞こえてきました。うなりはだんだん近づいてきます。そしてますます強くなり、とつぜんマッテーオが小屋に襲《おそ》いかかりました。

しかし、小屋はこわれませんでした。板壁《いたかべ》は、これまでなかったほど苦しそうにきしみましたが、だいじょうぶでした。すき間やドアからかすかな風が吹《ふ》きこみましたが、それでもしっかりと建っていました。

そうです、こわれかけた小屋は、風のマッテーオに屈《くっ》しなかったのです。屋根はほとんどはがれかけているし、何枚かの板は紙のようにふるえ、あっというまに吹《ふ》き飛《と》ばされそうでした。でも小屋は、なんとかして力をかき集め、わが身を守っていました。

マッテーオは、くるったように襲《おそ》いつづけました。「今度こそ、おれがばらばらにしてやる。このくたばりぞこないの、ぼろ小屋め！」はっきりと叫《さけ》ぶのが聞こえました。「おまえと、中にいるそのろくでなしもいっしょにな」

マッテーオが、もういちど助走をつけるために去って行き、待つ身にとっては果てしな

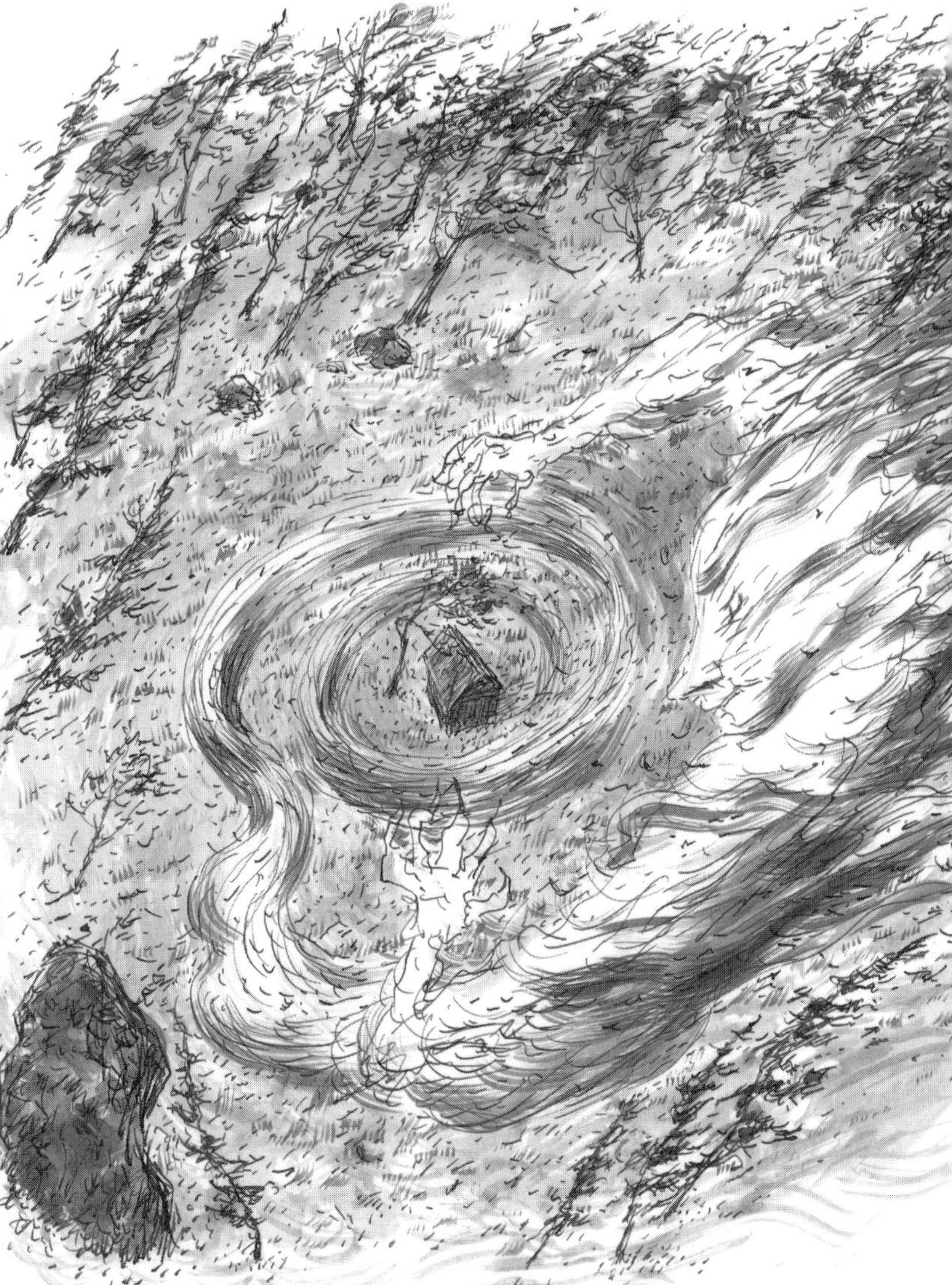

いほどの時間がすぎました。ふたたびうなりが近づいてくるのが聞こえ、ビューッという音に変わりました。小屋はまたさっきのようにきしみ、苦痛《くつう》で身をよじります。ベンヴェヌートは、祈《いの》るようにかすかな叫《さけ》び声を上げましたが、小屋の板壁《いたかべ》ははがれませんでした。三回、四回と、マッテーオはしつこく襲《おそ》いかかりましたが、小屋は耐《た》えました。五回目、六回目、マッテーオがいよいよ力つきたことがはっきりしました。風の勢いは弱くなったようでした。

「音がやんだ。助かった」元気をとりもどしたベンヴェヌートがゆっくりと言いました。

「おまえさんは、マッテーオのことを知らないようだな」小屋がぶつぶつと文句を言いました。「あいつはダムをなぎ倒《たお》したんだ。まるで、紙でできてるみたいにな。それなのに、おれに耐《た》えられると思うのか？　あいつはただ、いたぶって楽しんでいるんだ。おれを吹き飛《ふ と》ばすことなんか、あいつにとっては朝飯まえなのさ。まったく、おまえのおかげで、とんだ災難《さいなん》がふりかかったもんだ！」

「ぼくたちは助かったんだってば」少年は希望に胸《むね》をふくらませて、そうくりかえしました。「聞こえない？　マッテーオは、もうへとへとになってるじゃないか」

ほんとうに、マッテーオがときどき吹《ふ》きつける風は弱く、短くなっていました。板のきしむ音も軽くなっています。十五分ほどたってすき間から入ってきた陽《ひ》の光は、もう床《ゆか》の上でふるえてはいません。マッテーオの怒《おこ》った声がまだ聞こえていましたが、もう力はありませんでした。

「おまえの言うことは、どうやら正しかったようだな」と小屋が言いました。「ありがたい、助かった。もう昔のマッテーオじゃない、そういうことだ。二十年も閉《と》じこめられていたっていうから、そのせいにちがいない。長いあいだ岩の中にいたなら、無事《ぶじ》にはすまないだろうさ」

しかしベンヴェヌートはもう、小屋のおしゃべりを聞いていませんでした。元気をとりもどして小屋の戸を開けると、日のさす草原へ出てゆきました。

「マッテーオ！」ベンヴェヌートは大声で呼びました。「返事をして！」

風は答えませんでした。戸口に姿《すがた》を現した少年を目にすると、計画が失敗したことに腹《はら》を立て、悪態をつきながら、急いで行ってしまったのでした。

第15章

そのあとマッテーオにとって、もっとつらいことが起きました。あくる日の夕方、奥谷《おくだに》にそって吹《ふ》き流してゆくとき、マッテーオはひじょうに大きな風に出くわしたのです。

「ここで何をしている」マッテーオは、ぞんざいな口調でたずねました。

「言っておくが、おれは、この谷の風、エヴァリストだ」

マッテーオが幽閉《ゆうへい》されていた二十年のあいだに、奥谷《おくだに》の支配者は、ほかの風に取って代わられていたのでした。しかし、洞穴《ほらあな》から解放されたあと、マッテーオはまだ真実を知らなかったのです。だれひとり、石たちでさえ、彼に思いきってほんとうのことを言う者はいませんでした。マッテーオの怒《いか》りを恐《おそ》れたからです。それで、当のライバルから、つらい事実を聞かされるはめになりました。

村人はみな、エヴァリストに、ほぼ満足していたと言ってもいいでしょう。エヴァリストがけっして理想の風だというわけではないのですが、二十年間、大きな破壊《はかい》をもたらしたことはありませんでしたから。それに、少々なまけ者にもかかわらず、日照り続きに困《こま》りはてた谷の人びとが、雨乞《あまご》いの行列を仕立ててやってきたときなどは、たいてい願いをかなえてくれました。そんなときエヴァリストは、いつものやる気のなさを捨《す》て、どんな雲でもかまわず、ひからびた草原にじゅうぶん水を与《あた》えられる量の雲を集めたのです。

とうぜんのことながら、マッテーオがもどってきたからといって、エヴァリストは長年にわたって手中《しゅちゅう》におさめてきた地位を、返すつもりはありませんでした。名誉《めいよ》とは言わないまでも、かなりのプライドをかけて築《きず》いてきたものでしたから。

その日、マッテーオから立ち去れと命令されたとき、エヴァリストはそんな不当な要求にはこたえられないと言い、こう主張しました。谷の支配者がだれかということは、慎《しん》重《ちょう》に決められなければならない。戦った結果、もっとも強い者にその権利《けんり》があるといえるだろう、と。

マッテーオは、この提案に侮蔑《ぶべつ》の気持ちが隠《かく》されているのを感じました。エヴァリストも、マッテーオはもはや激《はげ》しい恐怖《きょうふ》をまきちらしていた昔の彼ではないと、見下《みくだ》しているのです。マッテーオは自制心を失って、下品きわまりない罵詈雑言《ばりぞうごん》や脅《おど》しの文句をならべたてました。

「おまえはすっかり忘《わす》れてしまったらしい。思い出させてやろう。まさに明日のこの時《じ》刻《こく》、午後五時、この谷にだれも経験したことのないような嵐《あらし》を引き起こしてやる。できるものなら止めてみるがいい」マッテーオは、鋭《するど》い口調で言いました。

「何年も時がすぎるとどうなるのか、おまえはわかっていない」エヴァリストが落ちついて答えました。「受け入れたほうがいい。いまはまだ、おまえには名声がある。昔の栄光の残りかすだが。しかし、明日そんなことをすれば、それすら失うことになるだろう。運命はだれにとっても平等なのだ。ある者にとって、時はより速くすぎ、別の者にはゆっくりと流れる。しかし、けっきょくはいつも同じことだ。むごいことを言うようだが、自分が何をしようとしているのかよく考えてみるんだ、マッテーオ。まにあううちに、あきらめろ！」

それでもマッテーオは、呪《のろ》いの言葉を吐《は》きちらしながら去ってゆきました。奥谷《おくだに》の支配者の地位をかけた果し合いは、もう決定したのです。

その情報は、人間にはうかがい知れない不思議な方法で、あっというまに谷じゅうに伝えられました。

そして、一九二五年六月二十六日の午後。念入りに家の戸じまりをした村人ぜんぶが、戦いに立ち会うために、まわりの山々の頂《いただき》に登りました。荒《あ》れくるう嵐《あらし》を恐《おそ》れ、谷底の村にはほとんどだれもいなくなりました。からだが不自由な老人たちは、戦いがいちばんよく見える場所に担架《たんか》で運ばれました。飼われている動物たちも、可能なかぎり、嵐《あらし》の被害《ひがい》を受けない安全な山小屋に連れて行かれました。

ノラネコが奥谷《おくだに》のねぐらを捨《す》て、けわしい急斜面《きゅうしゃめん》をよじ登っていくのが目撃《もくげき》されました。野ウサギやリス、ある人によればモグラまで、山の上に避難《ひなん》したということです。谷底はすっかりからになり、静まりかえりました。鳥のさえずりひとつ聞こえません。そのなかでただひとり、たいへんな事態におちいったときには、いちばん大きな釣鐘《つりがね》の音を鳴《な》り響《ひび》かせたいと思った鐘《かね》つき番だけが、村に残ることを望みました。

森におおわれていない山々の稜線《りょうせん》には、鈴《すず》なりの人の姿《すがた》が見えました。もしその人びとが喜びに満ちあふれていたなら、盛大《せいだい》なお祭《まつり》に見えたことでしょう。ところが、みな強い恐怖《きょうふ》を感じていたのです。ベンヴェヌートを襲《おそ》い、殺すことはできなかったと聞いてはいても、マッテーオを知っている者は安心できませんでした。かつての破壊的《はかいてき》な猛威《もうい》が頭から離《はな》れなかったからです。完成したダムをこわしたこと、まっぷたつに引き裂《さ》かれた木、ばらばらにされた橋、谷間に吹《ふ》き飛《と》ばされたウシのこと、などなど。

二十年たっても、エヴァリストの力はさほど知られていませんでした。それはエヴァリストがかなり無精《ぶしょう》で、あまりにも静かな生活を好んでいるようにみえたからです。二十四時間のうちの二十三時間も、廃墟《はいきょ》となった古い教会の壁《かべ》のあいだで丸くなっている風を、信用することなどできるでしょうか。

事実、エヴァリストはいつも、村から八百メートルほど上った森の中にぽつんと建つ、ゴシック様式の古い聖堂《せいどう》の中にいました。聖堂《せいどう》はたいそう大きく、壁《かべ》のあいだにおびただしい数のトカゲがいることから、「トカゲの聖《せい》グレゴリオ」とよばれていました。屋根の一部はまだ残っていて、基礎《きそ》の骨組《ほねぐ》みはかなりしっかりと保たれています。きわめて独特なゴシック様式をとてもよく伝え、たくさんの興味ぶかい変遷《へんせん》をたどったはずの価値《かち》あるこの建築物を、歴史や美術の専門家《せんもんか》はなぜ研究してこなかったのでしょう。

季節がかなり進んだとはいえ、その日は、澄《す》みきったすがすがしい一日でした。ちっぽけなちぎれ雲が三つ四つ、いつものように北西から来て谷の上空を通り、ひとつずつ、緑の山の頂《いただき》に消えていきました。ようやく、四時ごろになって、あたりがかすかにざわめきはじめました。あきらかに、エヴァリストが敵を待っていらだち、ぐるぐると回っていたのです。

こういうことにくわしい老人たちは、状況《じょうきょう》はマッテーオにとって不利だろうと判断し、喜んでいました。大気がとても穏《おだ》やかだったので、マッテーオはずっと遠くまで雲を集めに行かなければならず、戦いの場に到着《とうちゃく》するころにはもう疲《つか》れているにちがいないと。

そのとおり、四時半になっても、マッテーオはまだ一片《いっぺん》の雲も見つけられずにいました。のしかかる不安にさいなまれながら、できるだけ広く見わたせるように、かなりの高度を保って山並《やまな》みに沿《そ》って進みましたが、どちらを向いても地平線は晴れわたっています。

マッテーオが自分の運命を呪《のろ》いながら帰ろうとしていたとき、とても高い空を漂《ただよ》っていた風が、怒《いか》りくるった彼の声を聞きました。その風は、かぎりない力をもっていました。

大陸を横切って吹《ふ》きわたる強大な風で、昔からマッテーオに好意をよせている、有名な風の海賊《かいぞく》でした。

事のしだいを聞くと、その風は急いでいたにもかかわらず、友だちを助けるため、あっというまに遠くに行き、数分後には空にわきあがる巨大《きょだい》な雲のかたまりを運んでもどってきました。かたくギュッと詰《つ》まっていて、みごとなできばえの雲でした。マッテーオには多すぎるほどです。

マッテーオがひどくいらだち、雲もなかなか見つからずに疲《つか》れきっているのをみると、風の海賊《かいぞく》は彼を手伝って、奥谷《おくだに》の入り口まで雲を押《お》して行くことにしました。マッテーオは、そんなことをする必要もないのに、どうしてもあたりに散らばってしまう雲の切れ端《はし》を拾い集めながら、風の海賊《かいぞく》の通ったあとをついて行きました。

こうして、マッテーオは、遅《おく》れて到着《とうちゃく》しました。多くの人が、あの名の知れた風はもう来ないのではないかと思い、なかには口笛を吹《ふ》きながら村へと下りはじめる者もいました。エヴァリストがほっとしていたことに気づいた人は、あまりいませんでした。そのとき、五時十五分ごろでしょうか、大きな雲の銀色の頭が、南の方角に現れたのです。

親切な風の海賊《かいぞく》が、たいへんな力で押《お》してくれたので、マッテーオはわずか数分で雲のかたまりを、谷のほぼ真上までたやすく運ぶことができました。かなりすばやく雲を動かすことはできましたが、ひどく乱雑《らんざつ》でした。あまり急いでやったので、黒雲はあちこちに散らばり、しっかりとしたかたまりではなくなっていました。谷は急に陰鬱《いんうつ》な影《かげ》でおおわれましたが、空のあちこちに裂《さ》け目が残り、そこからはまだ日ざしがもれています。こんなふうに雲にすき間があっては、嵐《あらし》を起こすことはできません。

でも、その効果はすさまじいものでした。男たちは息をのみ、女たちはひざまづいて十字を切りました。村では鐘《かね》の音が鳴りはじめました。

それでも、エヴァリストはあわてませんでした。真正面から立ち向かったり、これほどたくさんの雲を谷から追い出すことは、彼よりずっと強い風でも不可能だったでしょう。エヴァリストは、事は一刻《いっこく》を争《あらそ》うと悟《さと》りました。もしマッテーオがさらに雨雲を集めることに成功したら、自分は戦いに負けるだろうと。

そこでエヴァリストは、ただちに、でも落ちついて雲を蹴散《けち》らし、その切れ目を広げようとしました。同時に、あたりを飛びまわって、真っ黒な雲をすこしずつばらばらにしていったのです。それが、ただひとつの方法でした。

雨雲の恐《おそ》ろしいかたまりに、一瞬《いっしゅん》、自分の勝ち目をあやぶんだエヴァリストでしたが、マッテーオにはもう手向かうだけの力がないことに気がつき、すぐに自信をとりもどしました。

右にも左にも、耳をつんざく雷鳴《らいめい》がとどろいてはいましたが、厚い雲のかたまりはだんだん薄《うす》くなってゆきました。まわりの山々に集まった群衆《ぐんしゅう》から、はげましの声が高く上がります。

むきだしの岩の上に、あのO《オー》谷のダムの管理人、シモーネ・ディヴァーリがいました。ずいぶん昔、彼の言葉がマッテーオの怒《いか》りを引き起こしたのです。ダムの崩壊《ほうかい》で大けがを負い、いまでは松葉杖《まつばづえ》をつかなければ歩けなくなっていました。

ふたりの風の戦いは、シモーネをひどく興奮《こうふん》させました。

「もどってきやがったな！」シモーネはこぶしをふりまわして叫《さけ》びました。「極悪非道《ごくあくひどう》の風野郎《やろう》め！　おまえもようやく、年貢《ねんぐ》の納《おさ》めどきってわけか。おれは、最初っからお見通しさ。風向きがすこし変わったってな。忌々《いまいま》しいじじいめ、今度こそ、観念しやがれ。今

日こそ、おまえがどんなやつか堂々《どうどう》と言ってやる、老いぼれめ。おまえにはもう、なんの力も残っていないんだ」

吹《ふ》きすさぶ風の音と雷鳴《らいめい》のなか、まさに戦いが最高潮《さいこうちょう》に達したとき、マッテーオは、そのあざけりの声を聞いたのでした。声のする方向をたしかめようとからだを曲げ、草むらに群がる何百もの人びとのなかから、相手の姿《すがた》を見分けようとしました。

その一瞬《いっしゅん》のすきが、命とりとなりました。エヴァリストがそのとき、間髪《かんぱつ》入れず雲の中心に吹《ふ》きつけたので、雲はひとつまたひとつ、薄《うす》くなってゆきました。山々の斜面《しゃめん》にところどころ当たっていた日ざしが、しだいに広がってゆきます。雨雲のまっ黒な色はうすまり、弱々しく渦《うず》を巻《ま》いています。人びとは喜んで叫《さけ》び、小高い山の頂《いただき》では、楽器の音がはれやかに鳴り響《ひび》きました。

雲の群れは崩《くず》されてゆきました。しかし力を失っても、マッテーオはがむしゃらにエヴァリストに向かっていきました。それでも黒雲は、情《なさ》け容赦《ようしゃ》なく消えていったのです。

マッテーオのたけりくるった攻撃《こうげき》は、エヴァリストの計算の前に敗《やぶ》れました。いまや激《はげ》しい口調であざける数知れない人びとを前にして、マッテーオはまもなく訪《おとず》れる敗北を予感しながらも、むだな戦いに挑《いど》みつづけるのでした。

あれほど大きかった黒雲は消え、下から見上げると、クルミよりも小さな雲がひとつあるばかりでした。小さなオレンジ色の雲で、八百メートルほどの高さ、果てしなくどこまでも澄《す》みきった空に、のんきそうにたったひとつ浮《う》かんでいました。もう、夕暮《ゆうぐ》れがはじまっていました。

マッテーオは最後の力をふりしぼって、その雲まで根こそぎ持っていかれないようにしがみつきました。もはや勝利は失われましたが、マッテーオの力はまだ残っていました。彼は、渦《うず》を巻《ま》くようにあたりを回り、エヴァリストの最後の攻撃《こうげき》を待っているかのようでした。

そのとき、思わぬできごとが起こりました。空は明るいにもかかわらず、すさまじい稲《いな》光《びかり》があの小さな雲から出て、ピカッと光るのがはっきり見えました。雷鳴《らいめい》が不吉《ふきつ》にとどろきわたりました。

稲光《いなびかり》は、三回ジグザグと走ったあと、あの古い教会の屋根のてっぺんに落ちました。教会はすさまじく揺《ゆ》れ、黄色い砂《すな》ぼこりをあげて、いっぺんに崩《くず》れてしまいました。それから、空は雲ひとつなく澄《す》みわたりました。

マッテーオの敗北に狂喜《きょうき》する谷の人びとは、古い教会が失われても、深く悲しむことはありませんでした。むしろこの意外な終わり方を、とても滑稽《こっけい》なものと感じたほどでした。大きな笑い声がはじけ、山々に伝わり、谷じゅうに広がりました。沈《しず》みゆく夕日にあいさつしようと、小鳥たちがふたたびさえずりはじめました。

第16章

古森《ふるもり》の終わるところ、峰《みね》の頂上《ちょうじょう》を示す老人《ろうじん》の角《つの》のうしろは絶壁《ぜっぺき》になっていて、赤土の幾《いく》筋《すじ》もの渓谷《けいこく》ががれきのなかに落ちこんでいました。そこは乾き谷《かわだに》といって、村の上方六キロのところで、奥谷《おくだに》につながっているのです。わびしい谷間《たにま》の底を水が浸食《しんしょく》し、ときたまこれといったわけもなく砂利《じゃり》がなだれ落ちます。それは、山崩《やまくず》れのようにずっと下までおよんで、すこしずつ静まっていきます。昼となく夜となく、この不吉《ふきつ》なザラザラという音が静寂《せいじゃく》を破るのです。

崩《くず》れた崖《がけ》の頂《いただき》に、古森《ふるもり》を取り囲むモミの木の連なりが、くっきりと見えています。ときおり崖《がけ》のいちばん端《はし》が崩壊《ほうかい》し、一本の木を巻きこんで滑《すべ》り落ちると、木は谷底でしだいに朽《く》ちてゆきました。その幹を、この崩《くず》れやすい砂利《じゃり》の急な斜面《しゃめん》に沿《そ》って引き上げるのはあまりに困難《こんなん》でしょうし、またそんなことをしても得るものはないでしょう。

その夜、マッテーオはひとりきりになりたくて、乾《かわ》き谷《だに》に姿《すがた》をひそめました。マッテーオが通ると、赤い絶壁《ぜっぺき》から小さな地崩《じくず》れが起こり、砂時計《すなどけい》の砂《すな》のように根気よく時間をかけておさまってゆきました。

マッテーオは、自分の不名誉《ふめいよ》をかみしめるために、すべての生き物から遠ざかろうとしていました。森のなかで響《ひび》かせていた快い音とはちがって、崩《くず》れ落ちる砂利《じゃり》のざわめきにじゃまされながら聞こえてくるのは、にぶいうめき声でした。

じつをいうと、そこは、失った王者の威厳《いげん》を嘆《なげ》き悲しむのにふさわしい場所ではありません。静まりかえった峡谷《きょうこく》から、夕闇《ゆうやみ》がせまってきました。意味のわからないことをつぶやくマッテーオに削《けず》られた赤土は、しかたがないというように、薄《うす》くはがれ落ちていきました。

まだ巣に帰り着かずに飛んでいた一羽のカワラヒワが、谷の上空にさしかかったとき、その悲しげなうめき声を聞きつけました。なんだろうと思って、しばらくその上を回っていましたが、赤土のあたりには、いつもと同じようにだれもいません。小鳥は、声の主はマッテーオだと思い、納得《なっとく》して飛んでいってしまいました。

たったひとりの証人は赤い小さなクモでした。マッテーオがこの夜ほどじょうずに歌ったことはないと、このクモは言いました。ここではっきりさせておかなければならないのは、クモというものは、音楽に関してきわめてユニークな趣味《しゅみ》をもっていたにもかかわらず、多くの人びとに通《つう》だと思われていたということです。

「マッテーオの歌が、あれほど心に響《ひび》いたことはありません」クモは言いました。

「正直言って、彼が森の中で歌うとき、ひどく下手《へた》なことがよくありました。みんなが夢中になったのはたしかですが、あれは音楽などではありませんでした。言うまでもなく、ほんとうの芸術家であるためには、心に不満をかかえていなければならないものです。以前のマッテーオは、いつも自分に満足していて、自慢《じまん》たらたらでした。ですが、戦いに負けたあとのあの日だけは、彼がほんとうに偉大《いだい》だと思えたのです。乾《かわ》き谷《だに》には、さまざまな音色《ねいろ》やそよぎをかもしだす小枝はありません。あの赤土の谷は、音響効果《おんきょう》の点では最悪です。ほんものの音楽でなければ、谷の上までは何ひとつ聞こえてこないし、ごまかしはきかないのです。なのにマッテーオは、すばらしい歌を聞かせてくれました。夜が明けるまで、ただ砂利《じゃり》の崩《くず》れる音だけを伴奏《ばんそう》にして。わたしのほか、だれも聞いている者はいませんでした。彼は心底《しんそこ》、うちひしがれていました。もちろん、わたしは泣かなかった。クモたるもの、泣くなどというぶざまなまねはいたしません。ですが、ほかのだれであろうと、まちがいなく、あの歌を聞いたものは……」

第17章

次の朝、マッテーオはようやく大佐《たいさ》を訪《たず》ねました。この日は雨が降《ふ》っていたので、セバスティアーノ・プローコロは、窓《まど》を開け放《はな》した書斎《しょさい》で、古い書類に目を通していました。大佐は、マッテーオが来た音に気づいてもそちらを見ようとはしませんでした。風で飛ばされないように、書類に重しを置いてこう言いました。

「おまえは風の勇者だと思っていたよ。ところが、詩人たちが歌った西風のゼピュロスのような香《かお》りをまとってやってきた。まちがいなく、おまえは弱々しく、お上品になってしまったな」

マッテーオは、大佐の言葉をさえぎりました。

「雨の日にはこうなのだ。森の香《かお》りがおれに染《し》みついて、取れなくなってしまう」そして口をとざしました。

すこしして大佐が言いました。

「わたしはとんでもないことをしたものだ。おまえを助け出すなど……。わたしに歯向かう者たちをやっつけてやろうと、おまえは言った。わたしの望みどおり、嵐《あらし》でも晴天でも思いのままにしてやろうとも。おまえのような力の弱った風が、そんな大ぼらを吹《ふ》いて、恥《は》ずかしいと思え」

「そんなふうに言わないでくれ、大佐」マッテーオは憤慨《ふんがい》して言いました。「閉《と》じこめられていたせいで、おれの力は弱ってしまった。あんな怠惰《たいだ》で融通《ゆうずう》のきかないエヴァリストなどにやられてしまうとは！　おれは衰《おとろ》えた。そういうことだ。二十年間あそこに閉《と》じこめられていた、そう言うのはたやすいが、じっさいにはとてもつらいことだった。ほかのやつなら、命を失っていただろう。たしかに、おれにはすこし時間が必要だ。だが二、三か月もあれば、以前のマッテーオにもどれるに決まっている」

「ある男を思い出した」セバスティアーノ・プローコロが言いました。「九年の刑《けい》を言いわたされた、わたしがよく知っている盗賊《とうぞく》だ。刑《けい》を終えたとき、とうぜんのことにそいつは希望にあふれていた。その男は言った。年をとったように見えるが、でもかならず以前のおれにもどれるから、六、七か月待ってほしいとな。おまえとまったく同じことを言っていたよ。すべて、むだだった。もうエネルギーは尽《つ》きていたのだ。わたしはその後、しばしば彼に会った。もうすこし休みたい、そうすれば、また元のようにもどれるだろうと言っていた。ところが、日に日に弱っていった」

「人間はそうかもしれないが」マッテーオが反論《はんろん》しました。「おれたち風はまったくちがう。まあ見ててくれ……」

「甥《おい》のベンヴェヌートにさえ、いいようにからかわれたじゃないか」

「ああ、そのことは心配しなくていい、大佐。あの件については、うまくいくだろう。一日早かろうが遅《おそ》かろうが、けっきょくあんたにとっては同じことだ。だからおれがもうすこし回復するまで待ってくれ……」

「一日早かろうが遅《おそ》かろうが、かまわんが、何年もかかるとなると……だがしかし、もしおまえにその力がないなら、わたしはひとりでなんとかしよう。最高におもしろいものを見せてやろう。やつはもうすぐ休暇《きゅうか》でここに来る。いや、まさに今日、到着《とうちゃく》するはずだ……」

つごうのいい昔話のように、ちょうどこのとき書斎《しょさい》のドアが開き、スーツケースを手にしたベンヴェヌートが姿《すがた》を現しました。

「ほら、来たぞ」顔だけ子どものほうに向けて、大佐は言いました。長い静寂《せいじゃく》がありました。開いた窓《まど》から、風のマッテーオのそよぎと、遠くでさえずる数羽の小鳥の声だけが聞こえていました。

「ほら、来たぞ」大佐がもういちど言いました。「見ろ、なんと青白くてやせていることか。なのに、夜には寄宿学校を抜《ぬ》け出して森に行くのだ」

「だれと話してるの?」ベンヴェヌートがたずねました。

「マッテーオだ。風のマッテーオ。おまえは、こいつをよく知っているはずだ。恐《おそ》ろしかった、そうだろう? このあいだは」

「怖《こわ》くなかったよ……」

「うそをつくな」大佐は、ベンヴェヌートの言葉をさえぎりました。「いいか、ふたつのことを覚えておくんだ。われわれプローコロ家の者は、けっしてうそはつかなかったし、われわれはだれも恐《おそ》れを知らなかった。だが、いいか、おまえは別の血をひいているのだ。

おまえはわたしの血筋《ちすじ》などではない」

ベンヴェヌートは立ったまま、まじめな表情で大佐をじっと見つめていました。

「休暇《きゅうか》のあいだ、おまえはこの屋敷《やしき》に滞在《たいざい》するのだ」セバスティアーノ・プローコロは話を続けました。「使用人のヴェットーレが、おまえの部屋に案内する。何か必要なものがあったら、ヴェットーレに言え。それから、勉強をわすれるな。学校ではあまりできがよくなかったようだ。おまえの成績に責任があるのは、わたしなのだから」

やがてヴェットーレが来て、ベンヴェヌートのスーツケースを手に取り、部屋に案内し、やさしくおしゃべりをはじめました。大佐とマッテーオは、まだ話を続けていました。

「ほら、言ったとおりだろう?」

「ああ、そうだな」マッテーオはこう言うと、屋敷《やしき》が建っている草地を横切って、ゆっくりと去ってゆきました。雨はやみ、雲の裂《さ》け目から太陽の光がさしてきました。

二匹の年老いたトカゲが、このかすかな陽《ひ》を浴びようと、さっそく石の上で待ち受けています。マッテーオはその上を吹《ふ》きすぎてゆきました。

「おい、カルロ」トカゲの一匹が、仲間に向かって言いました。「上をすぎてゆくのは、

マッテーオじゃないか？」

　もう一匹も相手を見て言いました。

「マッテーオだと？　笑わせるなよ。どうってことない、ただのそよ風じゃないか。弱々しいだろ？　マッテーオが出す声は、あんなじゃなかったよ……」

　マッテーオは、だれかが自分のことを話しているような気がしました。高度をすこし落として、草原のその石のあたりをうかがいはじめました。

　二匹のトカゲはすばやく頭をまっすぐに起こし、なんでもないふりをして、ぴくりとも動きませんでした。

　だれが話していたのかたしかめようと、マッテーオはしばらく待っていました。何か小さな動物の、かぼそい声だったのですが。二匹のトカゲをよく観察し、ぼーっとしてじっと動かないのを見ると、気を取り直して飛んでいきました。

第18章

その晩《ばん》ベンヴェヌートは、自分のために用意されたベッドに入り、明かりを消してうとうとしかけたとき、床《ゆか》を引っかく音を耳にしました。ドキドキしてもういちど明かりをつけると、左のうしろ足を引きずりながらこちらにやって来る、大きなネズミを見つけました。

「そこで何をしている？」ネズミが、鼻にかかったかぼそい声で聞きました。「おれの寝《ね》床《どこ》にいるのはだれだ？」

あまりに驚《おどろ》いたベンヴェヌートは、返事ができません。そこでネズミは、じつにもったいぶった調子で、少年に無理やり話を聞かせました。自分は屋敷《やしき》でいちばん年をとったネズミで、ネズミたちのボスだ。プローコロ大佐とは友人で、まさに彼の許しを得て、嵐《あらし》の晩《ばん》はいつもこのベッドのマットレスに眠《ねむ》りに来るのだ。あたりの空気が電気を帯びていて、

とても不安になる。この場所でだけ安心していられるのだ。

「でも、今夜は嵐《あらし》なんか来てないじゃないか」ベンヴェヌートは言いました。

「いまはそうではないが、すぐやって来るだろう。天気に関しては、おれはまちがえたりしない」ネズミは言いかえしました。「だが、もしほんとうにベッドから出るのがいやだったら、おまえもここで寝《ね》ていい。どちらにしても、おれはマットレスの中に入ることはできる。ただし、おれを押《お》しつぶさないよう、すこしわきに寄ってくれ」

困《こま》りはてたベンヴェヌートは、からだをわきに寄せました。するとネズミは、かなりまえから開《あ》いているにちがいない穴《あな》を通って、ガサゴソと大きな音をたてながら、トウモロコシの葉がたくさん詰《つ》まったマットレスの中に入りました。

二、三度、ベンヴェヌートはうとうとしかけましたが、すこしすると、トウモロコシの葉がきしむ音で目が覚めてしまいます。

「ここ二、三日、不眠《ふみん》で苦しんでいる」ネズミが言いました。「それに、こんなにきゅうくつに寝《ね》るのは慣れていない。おれはいつも、マットレスぜんぶを自由に使えたんだ」

「ここでは毎晩《まいばん》、嵐《あらし》になるってこと?」

「ほとんど毎晩《まいばん》な。どっちみち、その可能性はある。それに、用心に越《こ》したことはない」

「それじゃあ、毎晩《まいばん》ここに来るんだね？」

「さあな。もしおまえが出て行かないなら、おれにもう一枚マットレスをくれるよう、大佐に言おう。こんなに居心地《いごこち》が悪くてはどうにもならない」

「おじさんが承知すると思うの？」

「ふん、あいつだって初めのうちはうんざりして、おれを殺すとまで脅《おど》したものだ。だから、おれはやつに道理をわからせた。モッロがなぜ死んだか、知ってるか？　ネズミを一匹殺したからなんだ。おれの兄弟さ。ネズミを殺すと不幸がやってくる。あいつはこの話にひどくショックを受けていた。言っておくが、大佐がおれに手を出すという危険《きけん》はもうない」

嵐《あらし》は来ませんでした。それでも、ネズミがたえまなくたてるキシキシという音で、ベンヴェヌートは夜明けまで眠《ねむ》ることができませんでした。

明るくなりはじめるころ、おまえのせいで眠《ねむ》れなかったと文句を言いながら、ネズミはやっと帰っていきました。

朝、階下に下りるとすぐ、ベンヴェヌートは大佐のところに行って、ネズミのためにもうひとつベッドを用意してほしいとたのみました。

大佐は、あのネズミのために何かしてやるつもりはまったくないと答え、おまえはもうこういうことを、ひとりでじゅうぶん解決できる年齢《ねんれい》だと言いました。ネズミがおまえに迷惑《めいわく》をかけるなら、殺してしまえ。屋敷《やしき》にはネズミが少ないほどいい。

「でも、不幸がやって来ない?」ベンヴェヌートが聞きました。

「そんなほら話を信じるなんて、恥《は》ずかしいと思え。女々《めめ》しいやつだ」

その夜ベッドに入ったベンヴェヌートは、ネズミがまた現れたら投げつけようと、靴《くつ》を片方《かたほう》手にして見張っていました。部屋に明かりがすこしさしこんでネズミを見分けられるように、よろい戸を開けたままにしておきました。やがて、思っていたとおり、足を引きずって歩くかすかな音が近づいてきました。それから、モミ材の明るい色の床《ゆか》に、黒っぽいしみのように、またあのネズミが現れたのです。

「まだいたのか!」ベッドにいるベンヴェヌートを見て、ネズミはうんざりだというように鼻を鳴らしました。「もうたくさんだ!」

ベンヴェヌートは、力いっぱい靴《くつ》を投げました。うまくまっすぐ飛んだ証拠《しょうこ》に、何かにぶつかる鈍《にぶ》い音が聞こえました。でもネズミは死にませんでした。鋭《するど》く叫《さけ》んで、足を引きずりながらのろのろと引き返していきます。

「この悪党《あくとう》め!」と叫《さけ》びました。「いつかこのことを後悔《こうかい》するぞ! 足をくじいたじゃないか。おまえを許さないぞ。おぼえとけ」

ネズミはまもなく暗いすみに姿《すがた》を消し、物音ひとつしなくなりました。

第19章

さてここで、一九二五年七月の初めごろ起きた、有名なエピソードをお話ししましょう。プローコロ大佐《たいさ》が、みずからベンヴェヌートを森に連れていき、置き去りにして死なせようと企《くわだ》てたのです。

大佐は、マッテーオには、ぜったいベンヴェヌートに近づいてはならないと命令し、またベルナルディには、木の精たちが森で薪《たきぎ》を集めるのをすこしのあいだやめさせるよう、言いわたしました。木の精たちは、みなそれぞれの木に閉《と》じこもり、気配《けはい》を見せてはならない。そうすれば、ベンヴェヌートはだれにも助けてもらえないだろうと思ったのです。

古森《ふるもり》に測量をしに行かなければならないので、いっしょに行こうと、大佐は少年を誘《さそ》いました。ベンヴェヌートは、いつものように寄宿学校の仲間といたかったのですが、ことわる勇気がありませんでした。

大佐は、ヴェットーレに丸パンのサンドイッチを四つ用意させ、水をみたした水筒《すいとう》、砲兵隊用《ほうへいたいよう》の双眼鏡《そうがんきょう》と、小型の磁石《コンパス》を身につけました。大股《おおまた》のすばやい足取りで、屋敷《やしき》の建つ草地を横切り、森へと進んでいく大佐のあとを、ベンヴェヌートはやっとの思いでついていきました。

古森《ふるもり》との境に、たいそうていねいに積まれた、乾《かわ》いた薪《たきぎ》がたくさん置いてありました。木の精たちは、毎日きめられたとおりの仕事を果たし、プローコロ大佐が契約《けいやく》を結んだ奥《おく》谷村《だにむら》の商人が、薪《たきぎ》を取りに小型トラックをよこしているのです。

ふたりは、老人《ろうじん》の角《つの》めざして古森《ふるもり》に入っていきました。行く手は、もっともけわしく、ほとんど人が足を踏《ふ》み入れたことのない区域《くいき》でした。木の幹はますます黒く、いかつく、ほのかにさしこむ光はいっそう陰気《いんき》に、木々でさえずる小鳥の声はいちだんと高いところから聞こえてくるようです。空はすっかり雲におおわれ、どんよりとした日でした。

急な斜面《しゃめん》、通り道に積み重なる枯《か》れ枝、あちこちに横たわる倒木《とうぼく》、植物が腐敗《ふはい》してゆく重苦しい空気や、上るにつれてしだいに濃《こ》くなる敵意のこもった闇《やみ》のせいで、道のりは困難《こんなん》でした。

三時間も歩くと、地面は平らになってきました。老人《ろうじん》の角《つの》から見《み》わたせる高原にちがいありません。でも、かなり高い木々が視界《しかい》をさえぎっているので、たしかなことはわかりませんでした。マッテーオを助けだすために出かけていったあのとき、大佐はそこを通ったはずです。しかし、もはや方角を見失っていました。

とうとう、小高い丘《おか》に出ました。その頂上《ちょうじょう》からは、森のほんの一部が丸くくぼんでいるのが見えました。けれども、その先にある老人《ろうじん》の角《つの》は見えません。

頂上《ちょうじょう》まで登ると、大佐は、たくさんの赤い目盛《めも》りのついた、幅広《はばひろ》の防水布のリボンをポケットから取り出しました。双眼鏡《そうがんきょう》で距離《きょり》を測るための測量用の道具です。

「このリボンの先を持って、まっすぐに垂《た》らしておくんだ」プローコロ大佐がベンヴェヌートに言いました。「わたしは、あの小さな草地の下のほうに距離《きょり》を測りに行く。ほら、あそこだ、向かい側のくぼ地の端《はし》あたりだ。そのあと、ここにもどってくるから」

そして、少年をひとり残して、足ばやに丘《おか》を下りていきました。二十分でくぼ地のはずれに到着《とうちゃく》し、ベンヴェヌートに教えた草原のところまで進みました。双眼鏡《そうがんきょう》をのぞくと、測量用のリボンを見つけることができましたが、モミの木の根元で濃《こ》くなっている影《かげ》のなかに、少年を見分けることはできませんでした。

「おーい!」大佐は呼びかけるように叫《さけ》びました。

「おーい!」すこしあとで、ベンヴェヌートが答えました。

「おーい、おーい!」間《ま》をおかずに森の真ん中から、こだまが二、三度響《ひび》きました。

大佐は用心深くあたりを見まわして、ふたたび森に入っていきましたが、ベンヴェヌートが待っている小高い丘《おか》とは反対の方角でした。

こうして大佐は、少年を置き去りにしたのです。

風がそよとも吹《ふ》かない、どんよりとした午後だったということはわかっています。モミの木々は、黒っぽい色をしていました。

まだあまり進んでもいないのに、方角をたしかめるため、大佐はポケットの磁石《コンパス》を取り出さなければなりませんでした。自分がどの方角に向かって歩いているのか、わからなくなっていたからです。そして、ちょうどこのとき、つまずいて地面にばったり倒《たお》れ、その拍子《ひょうし》に磁石《コンパス》は手から飛び出て石の上に落ち、割《わ》れてしまいました。

大佐の口から思わず悪態がもれました。起き上がって不審《ふしん》に思い、あたりを見まわしましたが、何ひとつ変わったことはありません。モミの木々は、花崗岩《かこうがん》の柱のようにゆるぎないようすで立っています。

高みからはほとんど光がさしてこないので、大佐は、金属のケースから出てしまった磁石《コンパス》の針《はり》を見つけることができませんでした。そのあたりでは小鳥のさえずりも聞こえません。チョッキのポケットにある金時計の時を刻《きざ》む音が聞こえるほど、あたりは静まりかえっていました。

第20章

こうしてプローコロ大佐《たいさ》は、森の中で道に迷ってしまいました。陸軍士官学校で学んでいたとき、森の中では幹の北側に生えるコケ類によって方角を知ることができると、たしかに教わったはずでした。この基礎《きそ》知識をはぶく地形学の教本はありませんから。でも彼はあきらかに、そのことを忘《わす》れていました。

まだ早い時間だったので、はじめのうち大佐は、あまり心配していませんでした。しかし、すこしずつ時はすぎ、森は密度《みつど》を増してゆきました。大佐は、いずれは谷の底に行き着くだろうと思って、最後には坂を下ってゆく決心をしましたが、そうではなかったのです。下り坂はあるところまで来ると終わり、地面はまた上りはじめました。夕暮《ゆうぐ》れが近づくにつれて、モミの木々は高くなっていくようでした。大佐はひどく疲《つか》れていましたが、しんぼう強く歩きつづけました。

七時に(これはまちがいありません)、大佐はマッテーオを呼びました。でも、返事はありません。七時三十分、何度もベルナルディを呼びました。しかし、答える者はだれもいません。大佐がベンヴェヌートの名前を大声で呼んだのは、夜の八時でした。

はるかかなたから返ってくるこだまが聞こえ、やがてふたたび静寂《せいじゃく》がよみがえりました。太陽は雲の丸天井《まるてんじょう》のうしろに沈《しず》み、小鳥たちはねぐらに帰り、夜の闇《やみ》が、森の奥深《おくふか》くに降《お》りました。ひとりぼっちで残されたベンヴェヌートのように、大佐はうす暗い木々の真ん中で、ひとりになったのです。

九時三十分、とうとう真っ暗になりました。

大佐は、一本のモミの木の根元に腰《こし》を下ろしました。彼は森にいました。神秘的《しんぴてき》な生命に満ちた、遠い昔から続く古森《ふるもり》のただなかに。静寂《せいじゃく》は、かすかな音によってしだいに満たされてゆきました。十時、聞こえているのは風の音だとわかるほどになりました。

「マッテーオ! マッテーオ!」セバスティアーノ・プローコロは、もしやと思って元気を取りもどし、ふたたび大声で呼びました。でもその風はマッテーオではなく、大佐の声など気にもかけずに、モミの木々の梢《こずえ》をかすめて吹《ふ》きつづけます。そしてこのとき、十や二十のこだまが、助けを求める声に答えました。こだまはしだいに遠くなり、最後にはかすかな反響《はんきょう》だけが大気に残りました。

大佐は疲《つか》れ、頭を垂《た》れました。はるか古《いにしえ》から続く森は、新たな夜をすごしはじめて、昼間のぼんやりとした状態から目を覚まそうとしていました。おそらく暗がりのなかでは、妖精《ようせい》たちが幹から出てきて、人間の知らない任務のために歩きまわっているのでしょう。プローコロ大佐のすぐ近くに、夜の闇《やみ》にまぎれて、おおぜい集まっているのかもしれません。おそらく、雲のマントのうしろには、月が昇《のぼ》っているでしょう。太陽はもう二度と昇《のぼ》ることはないかもしれません。この闇《やみ》が永遠に続くということも、じゅうぶん考えられるのです。

大佐はマッチも持っていなかったので、いくら自分の高性能の金時計で時間を見ようとしても、むだでした。咳払《せきばら》いを二回しましたが、たぶん勇気を出そうとしてではなく、のどのつかえを取るためだったのでしょう。モミの木の強いにおい、植物の腐敗《ふはい》してゆく重苦しい蒸気《じょうき》に、大佐が息苦しさのようなものを感じているのはたしかでした。

彼のいるところまでは、時を告げる奥谷村《おくだにむら》の鐘《かね》の音も聞こえず、自分のいる場所がわからずに泣《な》き叫《さけ》んでいるはずのベンヴェヌートの声も、遠くの車の音も、ほかの者のどんな気配《けはい》も、届《とど》きませんでした。

大佐は腰《こし》を下ろして新しい日を待ち、生まれて初めて、森の音を聞き分けました。その夜、聞こえた音は十五。プローコロ大佐は、ひとつずつ数えました。

1　ときおり地面の下から聞こえるような、まるで地震《じしん》の前ぶれを思わせる、ぼんやりとした深い地鳴り

2　木の葉のサヤサヤ鳴る音

3　風にしなる枝のギシギシという音

4　地面の枯葉《かれは》のカサカサいう音

5　地面に落ちる枯《か》れ枝や葉や、マツカサのたてる音

6　遠くで流れる水の音

7　ときおり大きな音をさせて羽ばたき、飛び立つ大きな鳥（たぶんオオライチョウ）のたてる音

8　森を横切る哺乳《ほにゅう》動物（リス、ブナテン、キツネ、あるいは野ウサギ）のたてる音
9　幹の上でぶつかっているのか、歩きまわっているのか、昆虫《こんちゅう》のたてるカシャカシャという音
10　長い間《ま》をおいて聞こえる、大きな蚊《か》の飛ぶブーンという音
11　たぶん、夜行性の小さなヘビのたてる、スルスルという音
12　フクロウの叫《さけ》び声
13　コオロギの心地《ここち》よい鳴き声
14　遠くで聞こえるシマフクロウか、オオカミにねらわれた動物が発するような、鋭《するど》くほえる声やうなり声
15　まったく正体のわからない、たえまなく続く、鋭《するど》く短い鳴き声

でもその夜、二度か三度は、真の静寂《せいじゃく》も訪《おとず》れました。それは、古くからの森たちがもつ荘厳《そうごん》な静寂《せいじゃく》で、この世のほかのどんな静けさとも比べられない、ほんのわずかな人しか経験したことのないものでした。

第21章

大佐《たいさ》は、いつしか眠《ねむ》っていました。ふたたび目覚めたとき、夜が明けようとしていました。まだ真っ暗でしたが、まちがいなく朝のきざしが感じられました。

大佐はすぐ、森にひそかに広まってゆく、奇妙《きみょう》なささやきに気づきました。たしかに、ふだん耳にする風の声と同じでしたが、モミの木々のあいだに特別な不安を伝えています。すくなくとも、大佐にはそう聞こえたのです。

やがて、木々の梢《こずえ》のあいだで話す、見知らぬ風の声が聞こえました。最初ははっきりしないぶつぶつ言う声だけでしたが、続いていくつかの文章がわかるようになり、大佐は背《せ》筋《すじ》の凍《こお》る思いがしました。

「……そうだ」風が言いました。「置き去りにされたようだ……ここ、森の中に、少年がたったひとり……置き去りにされたようだ……ひとりぼっちでいる少年が……」

大佐の聞きちがいか、あるいはほんとうにそう言っていたのかはともかく、その風は同じことをくりかえしていました。大佐は闇《やみ》のなかに身をひそめ、じっとしていました。でも、もし風の声がなかったら、彼の苦しそうな息づかいは何メートルも離《はな》れたところからも聞こえたことでしょう。

このつぶやきが消えるとすぐ、湿《しめ》っぽく寒い夜明けがはじまりました。大佐は、われに返って、方角をたしかめるため太陽の昇《のぼ》る方向を探そうとしました。でも、枝をすかして見上げても、まるで井戸《いど》の底にいるように、ずっとずっと遠くに空のちっぽけなかけらが見えるだけでした。この空の切れ端《はし》はゆっくりと明るくなってはきましたが、どこから太陽の光がさしこんでいるのか見分けることはできません。森の上にはまだ、ぶあつい雲の天井《てんじょう》があったのです。疲《つか》れていたにもかかわらず、大佐は森を抜《ぬ》ける道を探しながら歩きはじめました。

つねにまっすぐ進もうと心に決め、彼はここぞという方角に向かい、まだ夜露《よつゆ》にぬれてうっそうと茂《しげ》る草木のあいだを進んでいきました。ここかしこで小鳥がさえずりはじめ、動物の逃《に》げるようなカサコソいう音が、ふいに聞こえてきたりもします。

六時ごろ(歩きはじめてすでに一時間半もたっていました)大佐はとつぜん、地面に横たわって眠《ねむ》る少年ベンヴェヌートの前に出ました。はっとして、足を止めました。

彼の足音がやむと、大きな静けさが広がったようでした。でもすぐ、さっきとまったく同じように、高い木々のあいだでふるえが広がってゆきました。あの風がまたこう言っているのです。

「森の中に置き去りにされて、この近くのようだ……眠《ねむ》っている少年……もちろん、何年歩きまわったとしても……みんなが言う、あれはきっと……」

このとき、眠《ねむ》りながらだれかが近くにいるのを感じたように、ベンヴェヌートは目を覚ましてあたりをながめました。

「あぁ、おじさん、いたの?」少年は言いました。

「見てのとおりだ」悪いことをしているのを見られたかのように、うろたえた大佐は、ひと呼吸《こきゅう》おいてから答えました。「それにしても、昨日の晩《ばん》、わたしが何度も呼んだのが聞こえなかったのか?」

「何も聞こえなかったよ」

「わたしは磁石《コンパス》をこわしてしまって、方角を見失った。そのときから、同じ場所をぐるぐる回っていたんだ。しかし、帰り道を見つけるのは容易じゃないぞ」

「どうするの？」

「どうするって、見つけるしかないだろう」

こうしてふたりは歩きだしました。ところが、五百メートルも行かないうちに、上のほう、木のてっぺんのあたりで、先ほどと同じ陰口《かげぐち》がまた聞こえはじめたことに大佐は気づきました。ふたりの足音にもかかわらずはっきりと聞こえるほど、あの風の声は強くなったようでした。

「まちがいない、森に置き去りにした……どんな言い訳があるのか知らないけれど……まさに彼にちがいない……やはりそうだ、森に置き去りに……」

不吉《ふきつ》な声をまぎらわせようと大佐は歩みを速め、あっけにとられて自分を見つめる少年に大きな声で話しかけ、矢つぎばやに質問したりしました。でも、この早足《はやあし》は長く続かず、しばらくすると息を切らして立ち止まってしまいました。風の声はあいかわらずでしたが、それでもベンヴェヌートがその声に気づいたようすはありませんでした。

「ベンヴェヌート！」大佐は、思わず大声で言いました。「おまえにはあの高いところで話す声が聞こえないのか？」

少年は耳をすますと、別に何も聞こえないと答えました。

「わたしの聞きまちがいだな、やはり」安心して大佐は言いました。「人というものは、疲《つか》れているときにはおかしな声が聞こえたりするものだ」

ほんのすこし歩くうちに、その風の声はやみました。しかし、大佐の心配を取りのぞくには、まだじゅうぶんではありません。それに、どうやったら森から出る道を見つけられるのでしょう。いやというほど歩きましたが、あいかわらずすべてが同じで、どれもまったく同じ幹、ぼんやりとした明るさでした。

大佐はときどき立ち止まり、マッテーオとベルナルディの名前を、大声で呼びました。でも、ふたりとも姿《すがた》を見せることはありません。こうしているあいだに時は進み、森はどこまでも続くように思われました。

プローコロ大佐がふたたび助けを呼ぶと、とうとう高いところから、しわがれた声が答えました。とても高い木の枝に、一羽のカササギがいました。

「プローコロ大佐？　あんたはプローコロかね？」こうたずねました。

大佐は立ち止まって見上げましたした。その鳥がまたたずねましたが、大佐は返事をしませんでした。あの晩《ばん》、見張りのカササギが死んで、木の根元に落ちたのはたしかでした。まちがいありません。にもかかわらず、大佐はとつぜん疑《うたが》いを持ち、あの見張りのカササギ、自分が殺したあの鳥が、モミの高い梢《こずえ》から自分を呼んでいるのではないかと思ったのです。だから返事をしなかったのです。

でもその考えは、ほんの一瞬《いっしゅん》頭をよぎっただけで、カササギが三度目に同じことをきいてきたとき、大佐はそっけなく答えました。

「そうだ、わたしだ。なんの用だ？」

「大きな声が聞こえたんだ」カササギが言いました。「そしてあんたを見て、すぐわかった。あそこにいるあの男が有名な大佐だと。あんたのことは聞いていたよ。わたしは、あんたの家の見張りをしている兄に会いに行くところなんだ。兄には何年も会っていない」

「そうか」すこし困《こま》ったように、大佐は言いました。「おまえはそのために来たのか？」

「そのためだけに来たんだ。とにかく、遠かったよ。わたしとわたしの家族は、スペインに住んでいるのさ」

大佐はすこしだまっていました。それから、こうたずねました。

「おまえは、そんなに高いところにいるのだから、わたしの屋敷《やしき》が見えないか？」

「草原の真ん中に大きな家が見えるが、あんたの屋敷《やしき》かどうかは知らない」

「教えてくれ。どの方角に見える？」

「そうか。方角を教えてほしいんだな？」

「そうだ、方角だ。われわれは道に迷ってしまったのだ」

「わかる、わかる。森の中ではかんたんに道に迷う。ときおり起こることだ。それで命を失った者だっている。ある者は、あの世で人生をやりなおした。つまり、森の中で飢《う》えて死んだということだ。あちこちで骨《ほね》が見つかると聞いている」

「そうか」

「たいていは子どもの骨《ほね》だがな」カササギはまだ話しつづけました。「ときどき、ここに子どもを捨《す》てるのさ、空腹《くうふく》で死ぬように。人間にも、子どもを厄介払《やっかいばら》いしたくなることが

あるらしい。古森《ふるもり》はおあつらえむきってわけさ」

「何が言いたい？」そっけない調子で、大佐は話をさえぎりました。

「何が言いたいって？」

「そうだ。おまえのこんなばかばかしい話など、何がおもしろいというのだ」ベンヴェヌートを横目でうかがいながら、大佐は聞きました。でも死ぬほど疲《つか》れていた少年は、ふたりの話を聞いていませんでした。

「言いたいことなんてない。そんな話を聞いたことがあるっていうだけだ。家に帰りたいなら、さあ行こう」

こうしてカササギは、屋敷《やしき》を目ざして木から木へ飛びはじめ、ときどきふりかえっては、ふたりがついてきているかどうかたしかめました。

ときどきカササギを見上げながら、大佐とベンヴェヌートは、だまったまま一時間ほど歩きました。やがて、古森《ふるもり》の暗闇《くらやみ》は終わり、その太古《たいこ》の森のはずれに到着《とうちゃく》しました。そこからは小さな森がはじまっています。大佐は、屋敷《やしき》へ続く小道にすぐ気づきました。

そこで大佐は立ち止まって、カササギに向かって叫《さけ》びました。「これでじゅうぶんだ！

行っていいぞ、もうわかった」

「さよなら、大佐！」カササギは答え、高いモミの木のてっぺんから飛び立ちました。ゆっくりと羽ばたいて二度回ると、今度は遠ざかってゆきました。

でも、大佐はとつぜん呼びとめたのです。

「おーい！　ちょっと待て！　言わなきゃならんことがある！」

カササギは急旋回《きゅうせんかい》して、大佐の二メートル上空につき出た長い枝に舞《ま》い降《お》りました。

「これから、どこに行こうとしているのだ」大佐がたずねました。

「さっき言ったはずだ。おれの兄のところだ。あんたの屋敷《やしき》の見張りをしている」

「むだだ」大佐が言います。「おまえの兄はもういない」

「行ってしまったのか？　それは知らなかった。いったいどこに行ったんだ？」

「行ってしまったのではない、死んだのだ。わたしが殺した。ある晩《ばん》、何度もまちがえて合図をしたのでな」

カササギは、しばらく何も言いませんでした。その胸《むね》は、荒《あら》い息づかいにふるえています。やがて、ゆっくりと小さな声で言いました。

「おれは、果てしなく遠いところからやってきた……兄には、三年も会っていなかった……それなのに、来た道を引き返すことになってしまった」

「そうだな。どうしようもない。おまえの好きにすればいい。ここにいたかったらそうしろ。そして、見張りをしたいなら……」

それから、大佐はベンヴェヌートをつれて、屋敷《やしき》に向かって大股《おおまた》で歩きだしました。カササギはもう何も言いませんでした。百メートルほど歩いてからふり向いたベンヴェヌートは、まだじっと枝にとまっているカササギを見ました。

その晩《ばん》、大佐と話をするため奥谷村《おくだにむら》から上ってきたアイウーティは、森の静寂《せいじゃく》を破る、かつて聞いたことのある大きくてさびしげな鳴き声を聞きました。それは、新しい見張りのカササギの合図でした。

第22章

何日かして、マッテーオがふたたび屋敷《やしき》に現れました。大佐《たいさ》は書斎《しょさい》で、磁石《コンパス》のケースを片付《かたづ》けていました。

「何か新しいニュースは？　耳よりな話でも？」いつもよりうやうやしい調子で、風のマッテーオがたずねました。

「何もない」セバスティアーノ・プローコロは答えました。「計画は、失敗した。わたしは何ひとつなしとげられず、しかも、わが身が危《あや》ういことになったのではないかと恐《おそ》れている」

そう言って大佐は、えたいの知れない風の叫《さけ》び声のことも忘《わす》れずに、森で起こったことをマッテーオに伝えたのでした。ベンヴェヌートがひとりぼっちで置き去りにされたことに気がついた者がたしかにいて、その話を広めた。そしておそらく、自分がその犯人として疑《うたが》われていると。

大佐は話を続けました。しかしあの日以来、あのできごとについて森の中で陰口《かげぐち》が聞こえることはもうない。もしかしたら、疲《つか》れが原因の幻聴《げんちょう》だったかもしれない。

大佐の期待に反して、マッテーオは、彼を安心させてはくれませんでした。それどころか、こう言ったのです。木の精たちは最近の出来事を話したくてたまらず、取るに足らないことでも、何週間もずっと話していることがよくあると。

もちろん、マッテーオは意地悪のつもりでそう言ったのです。不安をかかえた大佐は、あの悪意のこもった風の声がまだ聞こえはしないかと、何日ものあいだ古森《ふるもり》に出かけては、あちこちをうろつきました。しかし、疑《うたが》わしい声は何も聞こえませんでした。

それでも大佐は安心できなかったのです。あのとき森で聞いた声が、ほんとうのことをベンヴェヌートに言いつけはしないか、そして少年が級友たちにそのことを話しはしないかと恐《おそ》れながら、大佐はしばらくすごしていました。それで、森の中までベンヴェヌートをそっとつけて行ったり、ときには、彼ら寄宿学校の仲間がほとんど毎日集まって遊ぶ、まっぷたつの原にまで行くこともありました。

まっぷたつの原は、古森《ふるもり》の北西に境を接し、寄宿学校の三キロ上方にある、広い三角形の草原でした。草原の名の由来はだれも知りません。片側《かたがわ》にはとほうもなく大きなモミの木が何本もまっすぐそびえ立ち、もういっぽうは、崩落《ほうらく》する土くれとともに、乾《かわ》き谷《だに》へとなだれ落ちていました。端《はし》のほうには、打ち捨てられた木こりの古い小屋がありました。

最初のうち大佐は、わけのわからない遊びに夢中になっている少年たちを、そっと興味ぶかく観察していました。(よく知られているように、自然のなかでの少年たちの遊びほど不思議で、その世界に入りこむのがむずかしいものはあまりありません。)でもたいていは、戦争ごっこでした。

ベンヴェヌートは、少年たちのなかでいちばんかよわく、このような勇ましい遊びではつまらない役しかさせてもらえないことに、プローコロ大佐はもう最初の数分で気がつきました。だれの目にもグループのボスだとわかるベルトの言うことに、ほとんどただしたがっているだけでした。古森《ふるもり》で起こったことについて口にする者は、だれもいません。

大佐がひどくびっくりしたのは、子どもたちが遊んでいるあいだじゅう、その森一帯が、生命のわきたつような高揚《こうよう》に満ちあふれていることでした。子どもたちがいることで、まわりの木々にはおびただしい数の小鳥が集まり、近くをうろつくリスやヤマネの数もふつうではありませんでした。そのようなとき、木々の枝先はいつもより激《はげ》しくザワザワと鳴り、まるで木の精たちがおもしろがってささやきかわしているようでした。

しかしあふれんばかりの生の躍動《やくどう》も、長くは続きませんでした。大佐がその場所にやってきて数分もすると、小鳥のさえずりは小さくなり、リスやヤマネは逃《に》げ、枝のふるえは静まり、空にはときどき不吉《ふきつ》な雲の切れ端《はし》さえ現れました。遊んでいた少年たちも、急に活気を失いました。森の木々や大気に、説明しがたいある種の無気力が広がってゆくのです。――この現象は、現在までほとんど研究されてはいません。森や野原、けわしい峡谷《きょうこく》、牧草地や沼地《ぬまち》でも起こることです。子どもたちがいると、動物や植物は特別に活気づき、じっさいの会話ができるほどになります。しかしこの種の魔法《まほう》は、たったひとりの大人が現れるだけで解《と》けてしまうのです。――

二、三度そういうことがあってから、たとえ子どもたちが気づいていないにしても、自分の存在《そんざい》がじゃまをしていると、大佐にはわかったのです。そのことで彼はひそかに気分を害し、腹《はら》を立てました。

というわけで、大佐の人柄《ひとがら》と森の豊かさには、相容《あいい》れない何かが存在《そんざい》しているようでした。古森《ふるもり》の、生の喜びがみなぎるこの一角で、彼は明らかに浮《う》いた存在《そんざい》であり、木々や小鳥たちも大佐にがまんできないのはたしかでした。

でも大佐は、ベンヴェヌートと友人たちの遊びを監視《かんし》することを、それくらいであきらめたりはしませんでした。自分ではうまくやれなかったので、新しく見張りになったカササギにたのんだのです。昼間は、屋敷《やしき》が建つ草地の入り口を見張る仕事のかわりに、まっぷたつの原で子どもたちの行動に目を配り、夜になったらそのありさまを、細かな点まですべて自分に報告すること。こうしてセバスティアーノ・プローコロ大佐は、たくさんのことを知るようになりました。

ある晩《ばん》、カササギは話しました。

「今日、ベンヴェヌートは、あんたのことを話していたよ」

「あぁ、そうなのか？」大佐は、不安を抑《おさ》えきれませんでした。

「そうとも。あの子は自分の友だちにこう言ったんだ。おじさんはたくさんの戦《いくさ》をした。ある日ないしょで、壁《かべ》につるしてあるおじさんのサーベルを鞘《さや》から抜《ぬ》いたら、まだ血のあとがあった。黒い馬で敵陣《てきじん》に突撃《とつげき》するおじさんの写真が本にのっていた。それから、こうも話した。自分もおじさんのように強くなるだろう。プローコロ家の者はみな、子どものころは弱いけれど、大人になったら変わるんだ、ってね」

カササギの話は続きました。

「仲間たちはベンヴェヌートをからかいはじめた。おまえは馬に乗ったことなんかないくせに。最近の戦争では突撃《とつげき》なんかしないし、剣《けん》もつかわないんだぞ。だから、みんなうそなんだ。

そこでベンヴェヌートは、相手の子どもたちにくってかかった。すると、いちばん強いベルトが言った。偉《えら》そうにそんなことを言っても、おまえがぼくたちのなかでいちばん臆《おく》病《びょう》なのはほんとうじゃないか。そしてベンヴェヌートに向かっていった。ベンヴェヌートが身を引いたので、ベルトが言った。『ほらみろ、怖《こわ》いんだろう』『怖《こわ》くなんかないよ』こう言いかえすと、ベンヴェヌートは、攻撃《こうげき》を待ち受けるようにじっと立っていた。そこでベルトがげんこつをふるい、ちょうどベンヴェヌートのあごに当たったんだ。ベンヴェヌートは声もあげなかったよ。地面にバッタリ倒《たお》れて、いまもまだそのままあそこにいる。

気を失っているにちがいない」

大佐はすぐには何も言いませんでした。そのあいだ、カササギはイスの背《せ》にとまって、せわしなく羽をととのえていました。

とうとうプローコロ大佐が口を開きました。

「暑いな。蒸《む》し暑くて息がつまりそうだ」

「まったく」カササギは答えに困《こま》って、こう言いました。「ほんとうにひどく暑い日だ」

「そうだな」大佐はあいづちを打ちました。それからふたりはしばらく、もうひとこともしゃべらずに見つめ合っていました。カササギはやれやれというように、頭をわずかに右に左にとふっていました。

第23章

見張りのカササギの話は、ほんとうでした。

ベンヴェヌートはじっさい、まっぷたつの原の真ん中であおむけに倒《たお》れ、日ざしのなかでじっとしていました。仲間たちは逃《に》げてしまいました。ベンヴェヌートの髪《かみ》に息を吹《ふ》きかけて意識をとりもどしてやったのは、マッテーオです。少年は苦しげにうめいて、目をあけました。

「こんなこと、よくあるさ」マッテーオが言いました。「たとえおまえが正しいとしてもな。おれにも同じことが起きた。それでも、おまえはよくやったよ」

「ヒューホラリー！」モミの高い梢《こずえ》から、この谷では見たことのない種類の、とても大きな鳥が叫《さけ》びました。「ヒューホラリー！　空が色を変える、川が山にさかのぼる！　風のマッテーオが子どもに情けをかけている。死をまき散らしていた、残忍《ざんにん》なあの風のマッテーオが。子どもよ、信用するな!」

「おまえが鳥でなかったら……」マッテーオが鳥に向かって叫《さけ》びました。

「鳥でなかったら?……」まだ地面に倒《たお》れたまま、ベンヴェヌートがたずねました。

「もしあいつが鳥でなかったら、思い知らせてやるんだが……しかし、あいつら鳥は、おれたち風など恐《おそ》れない。おれたちが強く吹《ふ》けば吹《ふ》くほど、高く上っていく。どうすることもできないんだ。やつらのふいをつけば、うまくいくんだろうが。だがいまは……いまはここから去らなければならない……おまえは家に帰れ……エヴァリストが来るのが聞こえる」

マッテーオが言ったとおり、谷の新たな支配者、風のエヴァリストがやってくるところでした。もちろんエヴァリストには会いたくないので、マッテーオは、いまのすみかの乾《かわ》き谷《だに》の底に帰ってゆきました。

エヴァリストは、古森《ふるもり》に『風《かぜ》の会通信《かいつうしん》』を伝えに来たのです。彼はしばらくまえにこのサービスをはじめ、植物や動物や山々にとても喜ばれていました。エヴァリストは明らかに今風《いまふう》の実用的なやり方で、近くの小さな谷々に住む自分の配下のそよ風たちに、その地方に起きたもっとも興味ぶかいできごとを集めさせ、そのニュースをあたりに伝えさせていました。エヴァリストはたいした苦労もしていないのに、みんながこの『通信』を歓迎《かんげい》したのはたしかです。でもときどき(ちょうどあの日のように)、彼は怠惰《たいだ》な性格をふり払《はら》い、自分でニュースを知らせに出かけました。

とうぜんのことながらエヴァリストは、いまでもマッテーオがよく出入りしている乾《かわ》き谷《だに》のあたりで、自分の威信《いしん》をこれでもかと見せつけるため、みんなに一目《いちもく》おかれていることをひけらかしたがりました。でもじっさいには、マッテーオはいつもつつしみぶかい態度で、エヴァリストに対するどんな批判《ひはん》も悪口も言いませんでした。

「『風《かぜ》の会通信《つうしん》』!」、古森《ふるもり》の境に沿《そ》ってすべるように進みながら、エヴァリストがこう叫《さけ》ぶと、数えきれないほどの鳥たちが、ニュースを聞こうとして近くの木に集まってきました。ベンヴェヌートは、いまでは正気《しょうき》にもどり、強烈《きょうれつ》な一発のせいでまだ痛《いた》むあごを両手でさすりながらすわっていました。

「《長老《ちょうろう》の誕生日《たんじょうび》》」エヴァリストがはじめました。「とうぜんの喜びとともに、今日の式典を心にとどめよう。プロスペリタス、きみたちの仲間、谷のすべての木々のうちもっとも高齢《こうれい》の木は、今日、千五百歳《さい》になった。お集まりのみなさん、幸せにすごした十五世紀と、そして少なくともあと千五百年はこの繁栄《はんえい》が続きますように。プロスペリタスは高く、強く、その枝にはわびしいコケもなく、根は損《そこ》なわれず、毎年、枝にたわわな実をつける。できることならナイチンゲールのさえずりが、彼の未来を喜ばしいものにしますように。そしてまた、彼のまわりで心地《ここち》よい春の風が歌いますように」

「《モストの沼《ぬま》での大惨事《だいさんじ》》　昨日の朝、奥谷村《おくだにむら》から二キロのところにあるモストの小さな沼《ぬま》の岸で、痛《いた》ましい事件が起きた。そのあたりでもっとも尊敬《そんけい》される八匹のスズガエルの一族が、一羽のハヤブサに襲《おそ》われ、一匹また一匹と空に連れ去られた」

「《ランプレーダ渓流《けいりゅう》の死》　今年もまた続いた日照りのせいで、ランプレーダ渓流《けいりゅう》が死んだ。その人生の最後に、悪い思い出はない。ランプレーダはひどく荒《あ》れることもなく、特別な功績もないが、誠実《せいじつ》な仕事ぶりだった。注目すべき、ひとつの気の毒なエピソードがある。渓流《けいりゅう》の水底には、どんどん蒸発《じょうはつ》してゆく水たまりが一個残されているばかり、そしてそこには、小さなマスが一匹とどまっているが、その死は避《さ》けられないだろう」

「《小さな殺し屋》　奥谷村《おくだにむら》の村役場の小庭、キンレンカの一枚の葉の上で、首をはねられたスズメバチが、本日正午、発見された。調査の結果、一匹の仲間によって残酷《ざんこく》にも殺されたもよう。動機《どうき》は不明」

「《科学的発見》　ティボラ谷の森にすむ、賢《かしこ》いキバシオオライチョウのプロテルヴォは、数日まえ、これまで知られてきた見解をくつがえすであろう新発見をした。すなわち彼は、寒い時期や暑い時期の、そして太陽の運行における変化を支配する法則の発見に成功した。プロテルヴォはそれを、季節の法則と名付けた。明朝、標高九百八十五メートルのアナニア山の頂上《ちょうじょう》で、その問題に関心のある者すべてに解説するだろう」

「《二体の案山子《かかし》の確認《かくにん》》　長きにわたる調査の結果、フェンキーナ地域《ちいき》の小麦畑の見張りをしている恐《おそ》ろしげな人物は、二体の案山子《かかし》以外の何ものでもないと、はっきり確認《かくにん》された。これは鳥たちがこの季節になしとげた同様の証明の十五番目となる。とくに称賛《しょうさん》されるべきは、シジュウカラのマリエッタ。彼女は勇敢《ゆうかん》にも、身の毛のよだつ姿《すがた》にほんの数センチまで近づいてみんなの思いちがいを正し、すべての鳥たちのパニックや心配の種《たね》を取りのぞくことに成功した。この証明の報告は、小麦畑に何千もの鳥たちを呼びもどしたのである」

このニュースに、モミの木々にとまっていたたくさんの鳥たちが、大喜びで高らかに声をはりあげ、さわがしくさえずりだしました。

「まだもうひとつ、報告がある」エヴァリストが言いました。「昨日、奥谷村《おくだにむら》付近に巨大《きょだい》な荷馬車が現れた。時代遅《じだいおく》れの形の荷馬車を操《あやつ》るのは、黒い大きな帽子《ぼうし》の背《せ》の高い男。大きな四輪の黒く塗《ぬ》られた長方形の荷車を、大きな堂々たる馬が引いている。問われても、その馬車引きは、荷台に何が入っているか言いたがらなかった。ゆっくりとした歩みで、男と馬は谷を上っていった。行き先は不明」

『通信』はこれで終わりました。エヴァリストの声がやんでも、鳥たちはまだしばらくそこにいて、ニュースについてあれこれと話していましたが、やがて森へとそれぞれ散ってゆきました。

ベンヴェヌートは、ひとりで屋敷《やしき》へ向かいました。五時ごろ着くと、大佐《たいさ》がドアのまえにいて、ふたりはいつものようにそっけないあいさつを交《か》わしました。そして家に入ろうとしたとき、ベンヴェヌートは大佐の数センチうしろに、一匹の大きなネズミを見つけました。自分のマットレスに眠《ねむ》りにきたネズミでした。

「セバスティアーノおじさん！」彼は叫《さけ》びました。「おじさんのうしろに、あのネズミがいるよ！」

大佐はふり向いてネズミを見ると、こう言いました。

「ほんとうだ、おれのうしろにいる。おまえの言うとおりだ」、そしてネズミに向かって乱暴《らんぼう》に告げました。「しっしっ、ここから失《う》せろ！」

ネズミは屋敷《やしき》の中の巣穴《すあな》にこっそりと逃《に》げ帰りました。

「なぜあいつを蹴《け》とばさなかったの？　殺せばよかったのに。ほんとだよ。あんな、にくらしいネズミなんか」

「そうだな」大佐は言いました。「蹴《け》とばせばよかった」

でも、大佐があのネズミを殺すことを恐《おそ》れているか、あるいはどちらにしても厄介払《やっかいばら》いするのを急いでいないことが、ベンヴェヌートにこのときはっきりわかったのです。

第24章

一九二五年七月二十六日。とても暑い日の正午ごろ、プローコロ大佐《たいさ》は、一頭の大きな馬に引かれた荷馬車が、草地のはるか向こうからやって来ることに気づきました。彼は好《こう》奇心《きしん》にかられて近くに行ってみました。それは、風のエヴァリストが『風《かぜ》の会通信《かいつうしん》』で伝えた風変わりな一行《いっこう》でした。

黒くて大きい奇妙《きみょう》な帽子《ぼうし》をかぶった馬車引きは、大佐より少なくとも、手のひらひとつぶん背《せ》が高く、馬もまたふつう以上の大きさでした。それに、見たこともないような荷車です。全体が黒いペンキで塗《ぬ》られ、荷台がふたでおおわれた大きな箱になっていて、遠くから見ると棺《ひつぎ》のようでした。

馬を引いている男は、じっと地面を見つめながら、ひどくゆっくり歩いていました。

「こんな大きな荷車を引いてどこに行くのだ」荷馬車が近づいたとき、セバスティアーノ・プローコロはたずねました。「この箱には何が入っている?」

男は歩みを止めずに大佐を見ましたが、何も答えません。

「おい、ここはわたしの土地だぞ」大佐はくりかえしました。「だから、おまえはわたしに説明する義務がある。箱には何が入っているんだ?」

今度は立ち止まり、男は顔をあげて、小さいけれど燃えあがるようなふたつの目を大佐に向けました。それからむちをひと打ちし、強烈《きょうれつ》な音をたてて空《くう》を切って、脅《おど》すようにこう言いました。

「何が入っているかって? この中に?」そしてもう一度、むちをふりました。「おまえの呪《のろ》われた魂《たましい》だ! ほら、これだ!」

そう言うと、馬車引きは荷台に近づき、あっというまにふたを開け放《はな》ちました。

くぐもった強いざわめきが聞こえ、続いて小さくてずんぐりした白っぽいものが、厚い雲のように空にさっと舞《ま》いあがりました。蛾《が》です。蛾《が》は、かなり大きな群れになって広がり、草地の上空を三、四回まわると、最後は古森《ふるもり》の方角へ遠ざかっていきました。少なくとも五万匹はいたでしょう。

とつぜんの大混乱《だいこんらん》に、とうぜんのことながら何匹かの蛾《が》は打ちつけられ、地面にまっさかさまに落ちて死んでしまいました。大佐《たいさ》はそのうちの一匹を手に取り、よく見てみました。それはまさに蛾《が》そのもので、体長約三センチ、バラ色のお腹《なか》と、何本もの黒い筋《すじ》がジグザグに走る白い羽がありました。

大佐は、怒《おこ》った目で馬車引きをじろじろと見てから叫《さけ》びました。

「これがどんな種類の蛾《が》か知らないが、もし何か被害《ひがい》をもたらしたら、かならずおまえを刑務所《けいむしょ》に送ってやるからな」

そのあいだにこの正体不明の男は、狭《せま》い道にもかかわらず、驚《おどろ》くほどみごとに馬車の向きを変え、大佐の言うことには耳も貸さないで、奥谷村《おくだにむら》のほうへ下っていったのでした。

「おまえはだれだ。止まれ！　名前を言え！」大佐は、ズボンのポケットからピストルを引き抜《ぬ》きながら叫《さけ》びました。「見ていろ、馬を撃《う》ってやる！」

「撃《う》てよ、撃《う》てばいいだろう」馬車引きは馬を止めず、ふり向いて言いました。

大佐はほんとうに引き金を引きました。でも、カチッという小さな金属音が聞こえただけ。つづいて四回、プローコロ大佐は引き金を引きましたが、何も起こりません。弾《たま》をこめるのを忘《わす》れていたのです。男はピストルから弾《たま》が出ないことがまえからわかっていたかのように、落ちついて馬を進め、じきに遠くに行ってしまいました。まるで何かに動きを阻《はば》まれているみたいに、大佐は身じろぎしませんでした。ピストルをつかむ彼の右手は、じっとわきに垂《た》れています。ひどい暑さです。森や草原からは、目に見えない蒸気《じょうき》が空に立ちのぼっていました。

奇妙《きみょう》な馬車が視界《しかい》から消えてゆくあいだ、大佐は地面にうつる自分の影《かげ》を見ていました。それは、古森《ふるもり》のあの祭《まつり》の夜に見た影《かげ》のように、ただならない大きさをしていました。

異常《いじょう》な大きさのこの影《かげ》について、たしかな証拠《しょうこ》はありません。でも多くの人が、プローコロ大佐の影《かげ》は、数日間、太陽のもとでも月のもとでも、とほうもなく長かったと断言しています。

こうした状況《じょうきょう》からわかるのは、影《かげ》じたいの異常《いじょう》な比率は、屈折《くっせつ》の特殊《とくしゅ》な現象か、または地面の傾斜《けいしゃ》によって引き起こされたのかもしれない、ということです。影《かげ》そのものがほんとうに並《なみ》はずれた大きさだったのかどうか、断言することはできません。もしそうだとしたら、この事実は広く公認《こうにん》された物理の法則と矛盾《むじゅん》しているでしょう。それでも、まだ結《けっ》論《ろん》は出ていません。

奇妙《きみょう》なこの現象のうわさが広まって、何十人もの人びと、とくに子どもたちがその大きな影《かげ》を見ようと、プローコロ大佐の屋敷《やしき》に向かって谷を上っていきました。ともかく、世の中にはほかにもまだたくさん、あいまいで科学的にわかっていないことや、自分の目で見ていない者にとっては信じられないことがあるものです！

それは、奥谷《おくだに》で長く晴天の日が続く、ある気持ちのよい夏のことでした。その日、マッテーオは、たぶん意地悪な気持ちから、調子がもとにもどったようだと大佐に言いました。もし大佐が望むなら、ベンヴェヌートに対する試《こころ》みをもういちど行う準備がある。力はよみがえった。今度はじゅうぶん成功の可能性がある。

しかし大佐は、その必要はないと答えました。慎重《しんちょう》にならなければいけない。ベンヴェヌートを置き去りにしようとしたとき、ある風がうわさを広めた。幸いなことに何も起こらなかったし、いままでは忘《わす》れ去られているが。だが、あのときからほんのわずかしか時がたっていないのだ。もうすこし待ったほうがいい。チャンスは、まだきっとあるだろう。

第25章

冬になって大雪が降《ふ》りました。寄宿学校にもどったベンヴェヌートは、放課後や日曜日、仲間といっしょにスキーに行きました。ほかの子どもたち、とくにベルトはとてもスキーがうまいので、転んでばかりいるベンヴェヌートをみんなでしつこくからかいました。

ベンヴェヌートはしょっちゅう谷のはずれにまでそれて、登ったり降《お》りたり、登ったり降《お》りたりしているうちに、すっかり疲《つか》れきってしまうのでした。滑《すべ》りはじめると、すぐに足はだるくなり、左右のスキーがからまって、雪に埋《う》まって泣きだすこともありました。

ある日マッテーオが、モミの木々の枝に積もった大きな雪のかたまりを落としながら、やさしく言いました。「そうだな……セバスティアーノおじさんは、けっして泣かなかったぞ、忘《わす》れるな。それにじいさんも。おそらくひいじいさんだって泣かなかったにちがいない。プローコロ家がはじまって以来、一族はみんなそうだった」

でもそれは、ベンヴェヌートにとって、なぐさめにはなりませんでした。

「泣かなくてはいけないやつはほかにいる。でも、おまえは泣かなくたっていい。さあ、行ってスキーの練習をしろ。おまえは強くなるだろう。セバスティアーノおじさんみたいに、すごく背《せ》が高くなるだろう。声も大きくなり、おまえが叫《さけ》ぶと、オオカミさえ遠くへ逃《に》げだす。おまえはこれからだ、これが大切なことなんだ。そして、おれは終わりに近づいている。〈マッテーオ〉という名前でなかったら、おれはいまごろとっくに泣いていただろう。どんなにおれの力が弱ったか、わからないか？　たずねてみろ、風のマッテーオがどれほどの者だったか、おまえより年かさの者に聞いてみろ。なんといまでは、こうして子どもを元気づけているありさまだ」

ベンヴェヌートは雪から身を起こして、だまって聞いていました。

「もとにはもどれないことだってあるんだ」いくらかきびしい口調で、マッテーオは話しつづけました。「自分の番が来たら、チャンスを逃《の》がさないように気をつけろ。過去をふり返るな。もちろん、よそ者に対してなら、おれはまだ大声が出せる。できるうちは、いままでどおりがんばることが大切だ。たとえば、おれのいちばん新しい歌を聞かせたい。

〈物語り詩人の願い〉というタイトルだ。ふさわしい日和《ひより》とは言えないが、残念なことに、おれにはもう天気を決める力がない」

その日は、空がねずみ色の雲のマントにおおわれて、ほんとうに、そのような歌にはふさわしくありませんでした。それでもなお、マッテーオの歌は、すばらしいできばえでした。

渓谷《けいこく》の曲がり角で　わたしの心にある願いが訪《おとず》れる
――でもそれは　わたしにだけではない！――
心に浮《う》かんだ願いに
わたしがやっと気づいたとき
――まったく　ずいぶん時間がかかった！――
あの呪《のろ》わしい洞穴《ほらあな》の奥《おく》に
巨大《きょだい》なハンマーを忘《わす》れたことを
それでたくさんの戦いをしたのに。

しかしわたしは　もうあまりに遠くへ来ている
とりもどすため　引き返すには。
いまは　歩みを続けるほかはない
渓谷の終わりまで
仲間とともに　道を進むほかには。
戦いにおもむくこともなく
山々に嵐《あらし》を呼ぶことも
勝利も　凱旋《がいせん》のパレードも
破壊《はかい》の喜びもない。
そのとき　ある願いがわきあがる
――われわれは手を握《にぎ》りあった　ほかになすすべもなく
完全なる負けいくさ――
しかしただ一度　マッテーオ
あぁ　ほんの一度だけ

――あとはもう　何も望まない――
ある朝　ふたたび出発すること
あのころの冒険《ぼうけん》めざして。
そしてもう一度　たった一度でいい
あの荒々《あらあら》しさ
わきたつような若《わか》さが　あふれ出ることだけを！

やがてマッテーオは疲《つか》れきり、ひどく弱ったようすで、大地をかすめて立ち去りました。

第26章

十一月の初めごろ、大佐《たいさ》はラジオを買いました。アンテナを立てるために奥谷村《おくだにむら》から来た電気工が、器械の働きについて教え、大佐は自分でも取扱《とりあつか》い説明書を読みました。十一月八日の夕方、ラジオを設置する作業が終わり、大佐の前で電気工が最後のテストをしたときには、もう日が暮《く》れていました。

音楽が、初めて屋敷《やしき》に流れました。世界のどこかでワルツが奏《かな》でられていたのです。ラジオは、完璧《かんぺき》に機能していました。かなり荒《あ》れ模様《もよう》の夜にもかかわらず、かすかにザーという雑音が入るだけでした。

「〈ラジオ・リーガ〉ですね、この局は」電気工が言いました。「何日もしないうちに、すべての放送を選局できるようになりますよ」

大佐は自分でも、ダイヤルをどこかの放送局に合わせてみました。操作《そうさ》はかんたんにできるようになり、最後に、とくにはっきり聞こえるさきほどのワルツを選びました。電気工は持ってきた工具を集め、あいさつをして帰ろうとしているところでした。ラジオを置いた書斎《しょさい》から、大佐は階下の戸口まで彼を送り、いくらかのチップをわたしました。すっかり遅《おそ》い時間になっていました。

使用人のヴェットーレは食事の用意をしているところで、大佐は音楽が鳴り響《ひび》いている書斎《しょさい》にもどりました。でも、椅子《いす》にゆったりと落ちついたとたん、新たな雑音が入ったように、スピーカーの音がわずかにくぐもるのが聞こえたのです。ダイヤルを回して、他の局にも合わせてみましたが、もうまえのようにはっきりした音は受信できませんでした。それどころか、ブーンという濁《にご》った雑音が、ますます強くなっていきます。雑音は、音楽が奏《かな》でられている場所よりずっと遠くから聞こえてくるようで、その演奏《えんそう》を上まわるほど大きくはならないのですが、メロディの下から現れ、楽器の音色《ねいろ》と混ざりあってしまうのでした。

大佐は電気工がまだいるかも知れないと思い、窓《まど》を大きく開けました。でも彼は、もう遠くに行ってしまっていました。そのとき、カササギの鳴き声が聞こえました。もしかしたら、何か忘《わす》れ物をして引き返してきたのでしょうか？　いいえ、それは仕事の話をしにやってきた、農場管理人のアイウーティでした。

アイウーティの家にも小さなラジオがありましたが、彼はラジオの仕組《しく》みについてはぜんぜんくわしくありません。それでも、すぐになんとかしたいと思っていた大佐は、アイウーティにラジオを聞かせて、奇妙《きみょう》な雑音についてどう思うかたずねました。

聞こえはするけれどはっきりしない、オペラの曲が流れていました。

「『ファウスト』のようですね。でも、大佐のおっしゃるとおり、別の小さな声のようなものが聞こえます」

すこしして、アイウーティがまた言いました。

「奇妙《きみょう》ですね。まるで、風が吹《ふ》くときに森がたてる音みたいです」

「森の音？」大佐が聞きました。

「はい、なんとなくそう思っただけです。そんなことがあるはずないと、わかってはいるんですが」

雑音がひと晩《ばん》じゅうやまなかったので、大佐は翌日《よくじつ》、電気工を呼びにやりました。電気工がためすと、ラジオはちゃんと聞こえました。それでも大佐のたのみで、彼は夜遅《よるおそ》くまで屋敷《やしき》にとどまりました。

「なぜそんな雑音が聞こえたのか、まったくわかりません」電気工は説明しました。「たしかに、そのような科学で説明できない現象のことは、何度か聞いたことがあります。かなり有名なメーカーの製品でも起こります」

でも、その夜もまた電気工が屋敷《やしき》を出たとたん、あの鳴りつづけるわけのわからない雑音がスピーカーの底からあふれ出て、それが大佐には聞こえたのです。彼はすぐ窓《まど》にかけより、電気工を呼びもどしました。

電気工が書斎《しょさい》にもどるとすぐ、まだラジオにさわらないうちに、ブーンという雑音はとつぜんやみました。

「なんと言っていいのかわからない」困《こま》りはてて大佐は言いました。「誓《ちか》って言うが、きみが帰ったとたん、あの雑音が聞こえるのだ。きのうの晩《ばん》もそうだった。わたしの聞きちがいでないのはたしかだ」

電気工は、どうしたらいいかわからないという顔で大佐をながめ、笑いだしました。

「すみません、笑ってしまって。とても不思議だったもので。とは言っても、よくあることなんです。戦時中わたしは通信員でした。あるとき軍曹《ぐんそう》といっしょに、家主が逃《に》げてしまった大きな屋敷《やしき》に泊《と》まることになりました。ベッドはたくさんあったので、わたしたちは別々の部屋で眠《ねむ》ったのですが。軍曹《ぐんそう》がもう眠《ねむ》っていたわたしを起こして、『音が聞こえる』と、ひどく落ち着かないようすで言いました。『なんだかわからないんだ。ちょっときみも向こうに来てくれないか』って。でも、部屋はとても静かでした。わたしは自分の部屋に帰りました。そして数分後、軍曹《ぐんそう》がまた来て、『作り話なんかしていない。おれはまたあの物音を聞いた』と言うので、もういちど彼の部屋に行きました。でもやはり、何も聞こえません。この軍曹《ぐんそう》は勇気のある若者《わかもの》なので、けっして頭に血がのぼっておかしくなっていたわけではないんです」

「その話となんの関係があるのかわからないが」明らかに気を悪くして、大佐が口をはさみました。「あの雑音は、ぜったいに夢などではない」

「でも、要するにどのような音なんです？　何が聞こえるんですか？」電気工はたずねました。

「あぁ、説明するのはむずかしい。騒音《そうおん》のようなものだ。そう、風が強く吹《ふ》くときの森の音を想像してみてくれ」

電気工は、頭をふりました。「ほんとうに、ぜんぜんわからないんです。もし、また雑音が入るようでしたら、明日わたしを、もういちど呼んでください。アンテナを変えてみましょう」

電気工がふたたび呼ばれ、会社の技術者も来て、アンテナの向きが変えられました。でも、だれもいなくなると、はるか遠くからわきあがるあの暗い音が聞こえます。音はどんどん大きくなり、テノールの歌声やヴァイオリンの音色《ねいろ》、オーケストラすべての音を飲みこみ、屋敷《やしき》全体をおおいつくすほどでした。

第27章

おかしな人間と思われたくなかったからでしょうか、大佐《たいさ》はそれ以上、電気工にラジオの修理をさせようとはしませんでした。しかし、ラジオの調子が悪いことにいらいらしてはいました。

プローコロ大佐は毎晩《まいばん》、ラジオがちゃんと聞こえるように、あれこれやってみました。正体不明の騒音《そうおん》がほかの音ぜんぶを飲みこむやいなや、大佐はラジオのスイッチを切り、すこしするとまたつけてみるのです。さまざまな周波数をためしては、ぴりぴりしながら書斎《しょさい》を行ったり来たりするか、そうでなければ窓《まど》の前にじっと立って、手をうしろで組み、夜の闇《やみ》をただただ見つめつづけるのでした。

大佐はとうとう、木の精のベルナルディに、書斎《しょさい》に来るようたのみました。ラジオをつけてスピーカーから不快な音が聞こえてくると、何か思い当たる原因はないか、期待して

たずねました。

「ベルナルディ、この雑音の正体がわかるか？　わかるはずだ」

「残念ながら、わかります」彼は答えました。「八月からわたしを苦しめている音です」

「なんだと？」

「八月から、森は毎晩《まいばん》うめいているのです。わたしの仲間のだれにも、理由はわかりません。でも、何か悪いことが起きているとみんなが感じています。わたしも、そうです。何か脅迫《きょうはく》のような。わたしの木も、毎晩叫《まいばんさけ》んでいます。モミの木について、わたしはよく知っています」ベルナルディは悲しげに、かすかに笑いました。「しかし、どんなことが起きているのかわかりません。まるで、わたしたちのなかに病気がひそんでいるようです。でも、なんの病気かわからないのです」

大佐は、すこしのあいだだまっていましたが、やがてラジオをさしてたずねました。

「しかし、そのうめきがなぜこの中から聞こえてくるのだ。きみたちは、ラジオ局などもっていないだろう？」

「もちろん」ベルナルディはまた、さっきのように笑って答えました。「わたしたちはラジオ局などもっていません。だから、この状況《じょうきょう》についてはまったく説明できないのですが、ただひとつ言えることがあるんです。はっきりと覚えています。七月の終わりごろ、奥谷《おくだに》村《むら》のほうから白い蛾《が》の大群が上ってきて森に入り、いく晩《ばん》か飛びつづけました。わたしが知っているのは、これだけです。あのときから苦しみがはじまりました」ベルナルディはそれきり、何も言いませんでした。

次の春になって初めて、事態がはっきりしました。木の幹の割《わ》れ目から、数知れない虫があふれ出たのです。七月二十六日に不思議な馬車で運ばれた白い蛾《が》は、森に卵《たまご》を産みつけ、卵《たまご》は暖《あたた》かくなるのを待ち、そしていま、黄緑色の無数の毛虫が枝の上をぞろぞろと這《は》っていました。

忌《い》まわしい春でした。ぶよぶよした毛虫が幹を這《は》い、かすかなざわめきとともに広がっていくのを、はかり知れない数のモミの木が感じていたのです。毛虫はばかばかしい歌をうたいながら、あつかましく前進し、お互《たが》いに励《はげ》ましあっているようでした。その数日、空にはぞっとするような形の大きな灰色《はいいろ》の雲が垂《た》れさがり、鳥の鳴き声はしわがれ、風は焦《こ》げ臭《くさ》いにおいや、カビのにおいがしました。

ほんのちっぽけな一匹の毛虫がはじまりでしたが、その後たくさんの毛虫が生まれました。その毛虫は、一枚のモミの葉をくわえて半分に切り、片方《かたほう》を地面に落としました。そしてもういっぽうにかみつき、むさぼるようにがつがつと食べました。二枚目の葉も同じようにしました。そして、三枚目も食べました。彼の兄弟もみんな、同じように食べはじめていました。

ベルナルディも、ほかの木の精たちも、それほどたいしたことが起きているとは思いませんでした。どんなにむさぼるように食べられても、ちっぽけな毛虫たちが森全体を飲みこんでしまうようなことは、まさかあるはずはないと考えたのです。しかし、毛虫はどんどん増えているように見えました。森じゅうに、葉をかみ切るカチャカチャという音が満ちていました。

すべてのモミの木で毛虫が生まれたわけではありません。にもかかわらず、一本たりともまぬがれた木はなかったのです。毛虫は、クモの糸のような細い細い糸で、枝からぶら下がっていました。毛虫が振《ふ》り子のように揺《ゆ》れはじめるには、ちょっとしたそよ風があればじゅうぶんでした。一、二、一、二、ほんの軽くゆすると、揺《ゆ》れはどんどん大きくなります。そしてもっと強い風が吹《ふ》いたら、それ！と近くの木に届《とど》くというわけです。古森《ふるもり》じゅうで、この静かなブランコが揺《ゆ》れていました。いたるところでかじったり、かみ砕《くだ》いたり、空中を飛びまわったり、呼びかけあったり、満足気《まんぞくげ》で下品なくすくす笑いが聞こえたりしていました。晴れだろうと雨だろうと、軽業師《かるわざし》のように飛びまわる毛虫たちは、お腹《なか》をいっぱいにしつづけていました。

第28章

破壊《はかい》は休みなく続きました。ベルナルディも、ベルナルディに助言をもとめられた森林委員会も、対策《たいさく》を見つけることはできませんでした。わざわざ呼ばれた樹木《じゅもく》の専門家《せんもんか》は、もう遅《おそ》すぎると言いました。春になるまえに卵《たまご》を絶滅《ぜつめつ》させるべきだった。いまは毛虫がサナギになるのを待って、できるだけたくさん集めるしかない。

ようやくこのときになって、大佐のラジオに雑音が入らなくなっていました。古森《ふるもり》はもう、夜ごとうめき声をあげることはありません。でも、暗くつらそうで、沈《しず》みこむように横たわり、木々の枝は葉をもぎとられ、空に向かって骸骨《がいこつ》のようにくっきりと浮《う》かび出ています。

大佐はとうとう、カササギにまで相談しました。

「モミの木を救う方法が、ひとつだけある」カササギが言いました。「大きな声では言えないが、それはマッテーオだ。その気があるなら、わたしのところに寄こしてくれ。方法を教えよう」

すぐに大佐は、マッテーオを呼びました。

「マッテーオ、今度はおまえも名声を手に入れることができるぞ。森を救えるのは、おまえだけだ。カササギのところに行け。やるべきことを教えてくれるはずだ」

大佐はこう言いました。

マッテーオはそれを聞いて、元気をとりもどしました。まだ自分はだれかの役に立てるんだ。

ひと晩《ばん》じゅう、マッテーオはカササギとひそひそ話していましたが、朝になるとたいへんな意気込《いきご》みで出かけてゆきました。谷を横切り、森におおわれた遠くの山に着くと、何かを呼び集めながら、低くすべるように飛びはじめたのです。

日が沈《しず》むまえに、マッテーオは森に帰りました。耳をつんざく羽音《はおと》をたて、ひとかたまりの雲となった昆虫《こんちゅう》をひきつれています。ヒメバチの群れでした。

こうしてヒメバチは、あの白い蛾《が》がそうしたように、とつぜん無数の小さなグループに分かれて森じゅうに散ってゆきました。透《す》きとおった羽のある細くて弱々しい虫で、オスの数より多いメスには、しっぽのような長い毒針《どくばり》がついています。

奇妙《きみょう》な狩《か》りのはじまりでした。オスが獲物《えもの》を見つけようと飛びまわり、メスは葉をむさぼり食う毛虫に襲《おそ》いかかりました。

食べつづけていたため、のどまでお腹《なか》いっぱいの毛虫たちは、身を守ることができませんでした。思いもかけない襲撃《しゅうげき》に、仲間に危険《きけん》を知らせる間《ま》もありません。メスのヒメバチは、興奮《こうふん》してお互《たが》いにとても鋭《するど》い叫《さけ》び声を交《か》わしながら、毛虫にとつぜん襲《おそ》いかかり、毛をつかみ、ののしりの声をあびせながら、脚《あし》ではさんでしめつけたのです。

それから、驚《おどろ》くべき速さで毛虫のからだじゅうを針《はり》で刺《さ》しました。「ほら、永遠に効くお薬をあげるよ！」とか、「あとで吐《は》き出せるように、いくつ刺《さ》されたか数えておきな！」、あるいは「せいぜい大事にするんだね！」などと叫《さけ》びながら。

このときじつは、メスのヒメバチたちは毛虫のからだに、ひと刺《さ》しごとに卵《たまご》をひとつ産みつけていたのでした。

古森《ふるもり》全体は、戦いの興奮《こうふん》にわきたつようでした。毛虫たちは、もう葉を食べることもせ

ず、絶望的な思いで逃《に》げながら枝から枝へ移動し、糸にぶらさがっていました。でもオスのヒメバチは、毛虫たちがどこに逃《に》げようと見つけ出しました。「ほら、ここにもいる！」毛虫を攻撃《こうげき》させるために、メスに向かって叫《さけ》びます。

ヒメバチに立ち向かえる力があると思った何匹かの毛虫は、はじめのうち、激《はげ》しく抵抗《ていこう》しました。一匹のメスのヒメバチが脚《あし》を一本もぎとられ、同時に十数匹もの毛虫にうしろから襲《おそ》われました。そのあわれなヒメバチは、仲間が助ける間《ま》もなく、息の根を止められて死んでしまいました。でもすべての毛虫が、いちど追いつかれたらもう逃《に》げられないとすぐに悟《さと》ったのです。

狩《か》りは、何日か激《はげ》しく続きました。もう毛虫に食べられなくなったモミの木たちは、災《わざわ》いは永遠に去ったと思いました。あんなふうに刺《さ》されて、からだに卵《たまご》を産みつけられた毛虫たちは、じきに死ぬだろうと。

ところが、毛虫は死ななかったのです。ヒメバチが森から引き上げるやいなや、毛虫たちは傷《きず》の痛《いた》みに悪態をつきながら、からだをほぐしはじめました。やがて、しだいにうめき声は消えてゆきました。彼らの傷口《きずぐち》はふさがり、苦しみは消え去りました。

恐《おそ》ろしいほどくしゃくしゃになった毛をもとのようになおすと、毛虫は何事もなかったかのように、またモミの葉を食べはじめました。それどころか、まえよりもっとお腹《なか》をすかせていくつもの葉っぱを飲みこみ、またたく間《ま》に小さな革袋《かわぶくろ》のようにふくれました。

ベルナルディがこのことを大佐に報告すると、大佐はマッテーオに激怒《げきど》し、マッテーオは、カササギに説明を求めました。ところが、カササギはばかにしたように鼻で笑ったのです。

「あんたたちはほんとうに何も知らないんだな」そして、こう言いました。「そんなばかなことを聞くなんて、あきれてものも言えない」

説明してくれと言いはる勇気は、マッテーオにはありませんでした。でも、毛虫が立ちなおったことから、彼がとんでもない失態をしでかしたと思われてもしかたがありませんでした。

第29章

あたりの深い谷では、最後まで残っていた雪がようやく溶《と》けはじめていました。四月の暖《あたた》かな日で、子リスたちはもう初めての木登りの練習にけんめいでした。そんなとき、葉を口いっぱいにほおばっていた悪者の毛虫の一匹が、仲間にこう言いました。

「なんだかわからないけど、今日は奇妙《きみょう》な感じがするんだ。まるで体の中で何かが動いているみたいな。でも、元気かっていえば元気なんだ。この一週間で〇・五グラム体重が増えた」

「ちょっと待て」相手の毛虫が言いました。「おれも今日は、いつもとちがう気分なんだ。おれたちは食いすぎたんだよな。それでいま、いやな気分がからだじゅうをめぐってるってわけだ」

まさにこのとき、二センチ離《はな》れたところにいた三番目の毛虫が、ひどく鋭《するど》い悲鳴をあげて、かんでいた葉を吐《は》き出し、仰向《あおむ》けにひっくりかえりました。すると、口にするのも恐《おそ》ろしいことですが、吹《ふ》き出物《でもの》ができたみたいに、その毛虫の皮膚《ひふ》があっというまにぼこぼことふくらんだのです。それからその突起《とっき》は破裂《はれつ》して、ちっぽけな穴《あな》からたくさんの幼虫《ようちゅう》の小さな頭が現れました。幼虫《ようちゅう》たちはやれやれというように息を吐《は》き、口々におめでとうと言い合って、ゆっくりと穴《あな》の外に出てきました。いっぽう、当の毛虫は、痛《いた》みに叫《さけ》び声をあげながら苦しんでいます。最後の幼虫《ようちゅう》が出てくると(全部で四十匹ほどでした)、森を破壊《はかい》しつづけた毛虫はからだをのばし、ひからびて死にました。

「なんてことだ!」身の毛のよだつような光景に打ちのめされて、最初の毛虫が叫《さけ》びました。「これはヒメバチの卵《たまご》からかえった幼虫《ようちゅう》だ! おれたちもやられる!」

その毛虫は、いま何が起きているか悟《さと》ったのでした。森を食《く》い荒《あ》らす毛虫のからだの中でヒメバチの卵《たまご》はかえり、ちっぽけな幼虫《ようちゅう》が生まれていきました。自分のお腹《なか》をいっぱいにすることで、からだの中で成長している小さな虫にも栄養を与《あた》えたということに、毛虫たちは気づいていなかったのです。

罪のつぐないをする番でした。ヒメバチの子どもたちは目を覚まし、おめでとうと口にしながら、毛虫のからだを破って外にあふれました。毛虫たちは引き裂《さ》かれ、死んでゆきました。

悲痛《ひつう》な叫《さけ》びが次から次へとわきあがりました。――毛虫たちの声は、このように怒《いか》りや痛《いた》みを爆発《ばくはつ》させているときでも、たとえば鳥のさえずりに比べてかなり小さく、ふつう人間の耳には届《とど》かないものです。――

気分が悪くなるやいなや、もう助からないと悟《さと》った毛虫は、仲間たちに見放され、死ぬほどの苦痛《くつう》とともに、ヒメバチの幼虫《ようちゅう》が出てくるのをたったひとりでじっと待つしかありませんでした。ほかの者より強い毛虫たちでさえ、あまりの痛《いた》みに耐《た》えられませんでした。それまでの自尊心《じそんしん》を捨《す》てて、下品な悪態をつきながら、よだれを垂《た》らしてころげまわりました。

「もうやめて!」身の毛のよだつ光景に動揺《どうよう》した小鳥たちが叫《さけ》びました。でもこのすさまじい光景は、すぐには終わりませんでした。すべての毛虫に卵《たまご》が産みつけられ、まぬがれたものは一匹もいなかったのです。枝々からは雨のようなものが降《ふ》ってきました。死にかかった毛虫が、かすかな音をたてて地面に落ちていたのでした。

古森《ふるもり》はたいそう静かになりました。マッテーオも、自分の驚《おどろ》くべき仕事を報告するために森を離《はな》れていました。もう、数日まえの彼とはちがってみえます。そのくらい気分が高まり、足取りも元気でした。みんながマッテーオに感謝しているのはほんとうでした。それなのにマッテーオは、大きな成果をあげたことで、いまでもまだいくらかの好意をもっているわずかな者たちさえうんざりするほど、傲慢《ごうまん》な態度をとっていました。

毛虫が次々に死にはじめて三日目には、古森《ふるもり》には数十匹の毛虫しか残っていませんでした。仲間たちの大虐殺《だいぎゃくさつ》に胸《むね》がつぶれ、食欲《しょくよく》もなくし、自分の番がくるのを黙《だま》って待っていました。

「おれたちは助かったかもしれない」絶望の淵《ふち》にいる楽天家は言いました。「ヒメバチに刺《さ》されたのはまちがいないが、たぶんおれたちには、卵《たまご》を産みつけなかったんだ。あの恐《おそ》ろしいハチ野郎《やろう》の卵《たまご》が、二つや三つはからだの中にあるかもしれない。でも、もしかしたらおれたちは助かるかもしれないな。ひょっとして、つまり、おれたちのからだの中で卵《たまご》は腐《くさ》って、外には何も出てこないってこともあるかな。だとしたら最高なんだけどな」

しかしその言葉は、突《つ》き刺《さ》すような激痛《げきつう》によってたち切られたのでした。毛虫の背中《せなか》に、とつぜん数十個の突起《とっき》ができました。毛がピクピク動いて、時計のばねのように丸まり、その毛虫は死んでしまいました。仲間たちは肝《きも》をつぶして黙《だま》りこみ、あちらでもこちらでも恐怖《きょうふ》でひきつった顔をして身を引きました。

四日目になると、もう生きている毛虫はいませんでした。そうしているあいだに、ヒメバチの幼虫《ようちゅう》はいなくなり、繭《まゆ》に入りました。

あちらこちら痛《いた》ましいありさまでしたが、古森《ふるもり》は静かになり、侵略者《しんりゃくしゃ》がいなくなって苦しみから解《と》き放《はな》たれました。森全体はとても穏《おだ》やかで、癒《い》やされていくようすが感じられました。

第30章

一九二六年春。冬のあいだ訪《おとず》れる者もなかったまっぷたつの原の小屋は、ほかの家々と同様、新しい年の営みをはじめました。

ベンヴェヌートや級友たちがもどってきて、見上げるようなモミの木々の下でふりそそぐ陽を浴び、鳥やリスやヤマネに囲まれながら遊ぶ日々が、またやってきたのです。

「ベンヴェヌートがどんなに変わったか、見てみろ。まったく見ちがえるようだろう」

少年をどれほどよく知っているか自慢《じまん》したくて、マッテーオはモミの木々に言いました。

ところがモミの木たちには、ベンヴェヌートは去年とまったく同じに見えました。すこし背《せ》がのびたかもしれません、もちろん。でもあいかわらず顔は青白く、物腰《ものごし》は頼《たよ》りなげでした。まえの年のベルトとのいきさつのあと、たいていベンヴェヌートは、離《はな》れたところからみんなが遊ぶのを見ていました。もの思いにふけったようすで、乾《かわ》き谷《だに》のふちにすわったまま。ベルトもまえのように彼をかまうことはなく、あれこれ命令することも、弱虫と言ってしつこくからかったりもしませんでした。

みんなに気づかれずに、ベンヴェヌートはときどき古森《ふるもり》に入っていきました。ある日、彼はベルナルディに会い、ふたりはあいさつを交《か》わしました。

「きみはいい若者《わかもの》だ」ベンヴェヌートの肩《かた》に右手を置いて、ベルナルディが言いました。「きみも行ってしまって、もう会えなくなるのは残念だな」

「ぼくはどこかへ行くの？　追い払《はら》われるの？」

「いや、そういうことではないんだ。しかしきみもいつかは、ここへ来なくなるだろう。たとえもどってきても、もう同じではないんだよ」

「ううん、ぼくはいつだって大好きな森に帰ってくる、信じていていいよ」

「そうだね、きみはたぶん、この森にいつもやってくるだろう、これからもずっと。それでもいつの日か、正確にはわからないが、おそらく何か月かしたらその日が来る。来年かもしれないし、二年後かもしれない。忘《わす》れないでほしい、わたしにはそんなきみが見える気がするんだ。いままでそれほど、おおぜいの人間を見てきた……たしかにきみも森にやっては来る。木や草のあいだを歩き、ポケットに手をつっこんですわり、まわりをながめているだろう。それから、退屈《たいくつ》して行ってしまう」

「これからぼくのすることが、どうしてわかるの？」

「きみのような子どもたちを、ほかにもたくさん見てきたから。みんな同じで、きみたちの人生はそういうふうにできている。これまでも、子どもたちはまっぷたつの原に遊びに来た。同じように、わたしたちの祭《まつり》が見たくて、夜、寮《りょう》を抜《ぬ》け出した。同じように妖精《ようせい》と話し、風といっしょに歌った。同じようにここでわたしたちと日々をすごした。彼らが幸せだったのは、まちがいない。

ある春の日、少年たちは帰ってきた。春、またいつものようにすごそうと。でも、何かがもうかみ合わなかった。彼らには森がちがって見えるようだった。もちろん、ちゃんと見ていたんだよ。木々はあいかわらず同じで、同じ高さ、同じ枝、同じ影《かげ》、ほとんど変わらずにいる。でも、わたしたちはもうわかりあえなかったんだ。

わたしたちはあそこにいたのに。いつものように、幹のうしろに。そしてあいさつをした。少年たちは、わたしたちをちらっと見ることもなくそばを通りすぎた。わたしたちは彼らの名前を呼んだ。だがだれもふり向かなかった。もうわたしたちが見えなかったんだね。それが理由さ。もうわたしたちの声が聞こえなかった。風たち、昔からの遊び友だちの風たちが彼らの上を吹《ふ》きすぎ、歓迎《かんげい》のあいさつをしながら、枝々のあいだでピューッと声をあげた。すると、『風だ』と迷惑《めいわく》そうに少年たちは言った。『そろそろ帰ったほうがいいな。嵐《あらし》になりそうだ』

鳥たちも歌いだした。『こんにちは、また会えてうれしいわ。ようやく、すこしはいっしょにいてくれるのね』だが壁《かべ》に向かって話しているようなもので、少年たちは何も聞こえなかったかのようにおしゃべりを続け、せいぜいだれかがこう言うだけだった。『ここが禁猟区《きんりょうく》かどうか、知らないかい?』

『覚えてるか?』とひとりが言った。『ぼくたちがオオヤマネコを打ちのめしたときのこと』すると、ほかのみんなが笑いだした。大昔の古ぼけたできごとのように。オオヤマネコを打ちのめしたって? 木のまわりで怖《こわ》くてふるえている彼らをわたしが見つけたとき、獣《けもの》は恐《おそ》ろしげなようすで近づいていた……わたしはどうにかまにあって、オオヤマネコを追い払《はら》うために、背中《せなか》を乾《かわ》いた枝で殴《なぐ》った。だから、彼らを助けたのはわたしなんだよ。これがほんとうのことで、ほかには何もない。そのとおりなんだ。でも彼らは言う。『ぼくたちが打ちのめした』！　忘《わす》れてしまったんだ、何もかも。わたしたち妖精《ようせい》のこと、風の歌、鳥たちの言葉を。たった数か月ですっかり忘《わす》れてしまった。

かわいそうなのは少年たちも同じだ。彼らの罪じゃない。子ども時代が終わったということだ。そのことに気がつきもしないが。彼らにも時がすぎ、そのことをまったく知らなかっただけのことだ。あの年齢《ねんれい》ではあたりまえのことだ。あの年の少年たちは、前を見ている。過去はふり返らない。彼らは屈託《くったく》なく笑っていた。まるで何も起こらなかったみたいに。ひとつの世界がまるごと、自分たちのうしろで閉《と》じてしまったことなんか知らない、というように。

少年たちは、森に三十分ぐらいしかいなかった。森のことなどぜんぜん思いやることもなく、自分たちだけでおしゃべりしていた。やがてひとりが言った。『まだここで何かすることがある？　ものすごい湿気《しっけ》だね』そして、来たときと同じように帰っていった。森から出るまえに、ひとりが、短くなった火のついたたばこを地面に捨《す》てた。わたしの仲間が、少年たちの態度に怒《おこ》って足で踏《ふ》みつけようとした。『ほうっておけよ』わたしは言った。『これが、彼らの人生のルールなのさ』わたしたちは、煙《けむり》の細い筋《すじ》が消えるまでだまって見つめていた」

第31章

まっぷたつの原に遊びにくる少年たちの交友関係や悪だくみを残らず知るのは、とてもむずかしいことです。でもその年、寄宿学校の生徒どうしではなく、奥谷村《おくだにむら》の少年グループとのあいだでけんかが起きたことは、よく知られています。村の少年たちは、ときどき古森《ふるもり》の境にある小屋まで上ってきて、寄宿学校の生徒たちと勝敗のはっきりしないけんかをしました。

その夏の初めからそんな雰囲気《ふんいき》があり、まっぷたつの原に集まった生徒たちのあいだには、いまにも爆発《ばくはつ》しそうな緊張感《きんちょうかん》がありました。いつも木々の暗がりをうかがい、あたりに目を配っていました。草木のさやぐ音にも息をひそめ、夕方になるとみんな押《お》し殺した声で話すのでした。

六月二十二日、まっぷたつの原に集まった少年たちは、森の中を偵察《ていさつ》することにしました。小屋から五百メートルほど行った森の中の小さな草地に、敵の少年たちがしょっちゅう集まることを、ベルトが耳にしたのです。何日も前からぼんやりして、元気のないベンヴェヌート・プローコロは、見張り役として小屋にとどまるように言われていました。敵が襲《おそ》ってきたら、お得意のカッコーの鳴きまねを三回やるんだぞと。

その小さな草地の偵察《ていさつ》は、ベンヴェヌートをひとりにするためにベルトが考え出した、意地悪な口実《こうじつ》にほかなりませんでした。ほんとうに、ふたりの仲は、ぎくしゃくしていたのです。その日ベルトには、奥谷村《おくだにむら》の少年たちの襲撃《しゅうげき》を待つ理由があるようでした。もしやってきたら、彼らはひとりでいるベンヴェヌートを見つけ、ひどい目に合わせることでしょう。とにかく、ベルトがプローコロ少年にがまんならないのはたしかでした。

ベルトはよくこう言っていました。あいつはお高くとまっている。モッロさんが財産を残したからっていい気になっているんだ。おまけに、かなりの臆病者《おくびょうもの》ってわけさ。

けれども、ベルトが計画したという証拠《しょうこ》はありません。ベルトは何ひとつ関係なく、すべてが偶然に起きたという可能性もあるわけです。

寄宿学校の少年たちが小屋を出て行ってから三十分もしないうちに、ほんとうに敵の少年たちがやってきました。草地をヘビのように這《は》い進み、草木や茂《しげ》みのうしろに身をひそめ、すこしの音もたてずに小屋からわずか数メートルに近づきました。八、九人ほどいたでしょうか。

ベンヴェヌートは、小屋の中につるされたハンモックに横たわってぐっすり眠《ねむ》っていました。日ざしのどんよりとした、蒸《む》し暑い日でした。

その日、奥谷村《おくだにむら》の少年たちは、石も棒切《ぼうき》れも手にしていませんでした。そのかわり、それぞれがワラをひと束《たば》ずつ両手でかかえていました。猫《ねこ》のように音をたてずに小屋を取り囲み、ワラをまき散らすと、三、四人で火をつけたのです。そして少年たちはすばやく遠ざかり、古森《ふるもり》の深くへ姿《すがた》を消しました。

炎《ほのお》はなかなか大きくならず、明るい日ざしのもとではまったく見えませんでした。でも、すこしずつ勢いをつけ、小屋の土台に燃え移りました。濃《こ》い煙《けむり》がひとすじ、屋根に向かってまっすぐ立ち上りました。ベンヴェヌートはまだ眠《ねむ》っています。

近くにいた数羽《すうわ》の小鳥が、悲しい予感にピーピーと鳴きました。いくつかの風が煙《けむり》の柱に引き寄せられて上空にやってきましたが、そのなかにはマッテーオもいました。

「ベンヴェヌート、ベンヴェヌート!」とうとう、森のはずれからだれかが叫《さけ》びました。寄宿学校の少年たちは、もどったとたん、自分の目を疑《うたが》いました。何人かは、小屋に火をつけたのはベンヴェヌートだと思いましたが、燃えているワラを見て敵のしわざだということがはっきりしました。

「ベンヴェヌート! ベンヴェヌート!」少年たちは必死に叫《さけ》びました。悪ふざけは、死の危険《きけん》を帯びはじめたのです。

ベンヴェヌートがようやく目を覚ましました。少年たちは煙《けむり》の向こうに、青く苦しげな顔の彼を見つけました。小屋の戸口に姿《すがた》を現したベンヴェヌートは、叫《さけ》び声もあげず、つかのま柱に寄りかかってあたりをながめていました。やがて、まるでこんな火事などぜんぜん気にもしていないというように、信じられないほどゆっくり森のほうへ歩きだしました。炎《ほのお》になめられ、疲《つか》れきったようすで、濃《こ》い煙《けむり》のただなかを進んでいます。

ベンヴェヌートはようやく、煙《けむり》の外に出ました。みんなが恐怖《きょうふ》におののいて見つめていると、彼は無理やり笑ってみせたのです。

でも、すぐ「帽子《ぼうし》を忘《わす》れちゃった!」と生気のない声で叫《さけ》ぶと、向きを変え、まったく言いようもないほど落ち着きはらって、小屋にもどっていきました。たちこめる煙《けむり》のなかに入り、数秒後、帽子《ぼうし》をかぶって出てくると、コンコン咳《せき》をしながら炎《ほのお》をくぐり抜《ぬ》けました。三度目でした。

「走って、早く」少年たちは叫《さけ》びました。「焼け死んでもいいのか?」

「早く、早くって」ベンヴェヌートが言いました。(いっしょうけんめい涙《なみだ》をこらえているような声でした。)「どうして急ぐのさ。だれかがぼくを待ってるの?」

なぜかわかりませんが、ベンヴェヌートは無傷《むきず》でした。森のいちばんはずれのモミの木《こ》立《だち》の下に集まっていた少年たちは、ベンヴェヌートが自分たちの前を通ったとき、思わずわずかにあとずさりました。みんなは(ベルトでさえ)涙《なみだ》にぬれた目を大きく見開いて、荒《あら》い息づかいをしていました。

ベンヴェヌートは、休暇中《きゅうかちゅう》にすごしたプローコロの屋敷《やしき》に向かって、あいかわらずゆっくりした足取りで森に入っていきました。付きそったのは、高い梢《こずえ》のあいだをめぐっているマッテーオだけでした。

二百メートルほど歩いて、もうみんなには聞こえないところまで来ると、ベンヴェヌートは足を止めて木の幹にもたれ、咳《せき》こみはじめました。煙《けむり》のせいです。背中《せなか》を丸めるほどひどい咳《せき》でした。マッテーオはかける言葉も思い浮《う》かばず、上空を回りつづけていました。

第32章

火事で吸《す》った煙《けむり》のせいか、それともほかにわからない理由でもあるのか、ベンヴェヌートは病気になりました。プローコロ大佐《たいさ》が呼んだ医者は、肺《はい》に何かを見つけ、重い病だと診断《しんだん》を下し、薬を処方《しょほう》しました。その日の午後、医者はベンヴェヌートの熱を下げるための注射《ちゅうしゃ》をしに、ふたたび屋敷《やしき》を訪《おとず》れました。

夕方から雨になっていました。大佐は、玄関《げんかん》まで医者を見送りにいきました。もう夜になっていて、森からはあたり一面に濃《こ》い闇《やみ》が流れ出し、屋敷《やしき》を取り囲むように押《お》し寄せています。医者は表に出ると、気がかりなようすでまわりをながめました。

「ここは湿気《しっけ》が多いですな」彼は頭をふって言いました。

「たしかに。すこしじめじめしている。それで、あの子のぐあいは？」

もう車に乗っていた医者は、考えこむように言いました。

「あの子は、そうですな、とにかく回復を祈《いの》りましょう」

車はヘッドライトをつけ、谷に向けて出発しました。夕闇《ゆうやみ》のなか、戸口にじっとたたずむ大佐の顔からは何も読みとれませんでした。

十時、ベンヴェヌートは熱のためにうとうとしていました。電灯の上にヴェットーレがかけた青い紙が、明かりをさえぎっていました。屋敷《やしき》は静まりかえり、古森《ふるもり》の永遠の声が力づよい息吹《いぶき》とともに遠くかすかに聞こえるだけでした。でもそのとき、ベンヴェヌートの部屋では、ちょうどベッドの上の天井裏《てんじょううら》で、動物が何かをかじるような乾《かわ》いた音がしはじめたのです。ベンヴェヌートは目を凝《こ》らしましたが、見えるのはいつもと同じ、天井《てんじょう》を支える四本のむきだしの梁《はり》だけでした。

「ネズミだね」部屋のすみにすわっていたヴェットーレが言いました。

「すぐおじさんを呼んで」弱々しい声で、少年はたのみました。ヴェットーレが大佐を呼びに行きました。

「熱を下げたいのなら、もう眠《ねむ》ったほうがいい」部屋に入るなり大佐は言いました。

「おじさん、ネズミがかじってるんだ、聞いて」ベンヴェヌートが言いました。「だからぼく、眠《ねむ》れないんだよ」

大佐は耳をすましましたが、もう何も聞こえませんでした。ネズミはかじるのをやめていたのです。

「何も聞こえない」プローコロ大佐は言いました。「この屋敷《やしき》にネズミはいない。熱のせいだ。ほんとうに眠《ねむ》ったほうがいい」

大佐はそっとドアを閉《し》め、出ていきました。するとネズミは、またカリカリと乾《かわ》いた音をたててかじりはじめました。

「おじさん!」せいいっぱいの声でベンヴェヌートは呼びました。「おじさん、お願い、もどってきて」

でも、大佐は返事をしませんでした。

そのあと少年は深い眠《ねむ》りに落ち、ヴェットーレも自分の部屋にもどりましたが、大佐だけは書斎《しょさい》で起きていました。

真夜中すこしまえ、カササギの奇妙《きみょう》な合図が聞こえ、五分後にコンコンと玄関《げんかん》のドアをノックする者がいました。

大佐は懐中電灯《かいちゅう》を手に一階に下り、すこしのあいだ取っ手を握《にぎ》りしめたまま、ドアのうしろでためらっていました。それから、思い切ってドアを開けました。

そこにいたのは、五人の悪夢でした。ひとりは、たえず溶《と》けるようにして、いくつものぞっとするような形相《ぎょうそう》に変わる巨大《きょだい》なゼリー状の頭をもっていました。もうひとりの首に乗っているのは、肉屋につるされているような、皮をはがれた子牛の頭でした。三人目は、しわくちゃで呆《ほう》けたような表情がはりついた人間の顔をしています。ほかのふたりは頭がなく、形を変えつづけながら、ゆらゆらと揺《ゆ》れていました。大佐がドアを閉《し》めようとすると、すき間からさっと中へすべりこみ、階段《かいだん》へ向かっていきました。

「なにごとだ。おまえたちは何者だ」大佐はすこしも怖《こわ》がっているようすを見せず、たずねました。

「しーっ！」ゼリー状の頭をもった悪夢が、手で静かにするように合図をしながらささやきました。「おれたちは、病気の少年の悪夢だ」

大佐は驚《おどろ》きもせず、懐中電灯《かいちゅう》を手に、ベンヴェヌートの部屋まで五人の悪夢を案内しま

した。ドアを開けて五人を中に入れると、ドアを閉《し》め、そこに寄りかかって中のようすにきき耳を立てていました。

悪夢たちは、ベンヴェヌートのベッドのまわりで、できるかぎり怖《こわ》そうに動きまわりました。ナイトテーブルの上に置かれたろうそくの小さな明かりが、とてつもなく大きい影《かげ》法師《ぼうし》を壁《かべ》に映《うつ》し出していました。しかし少年は、病気のため意識を失うほどの深い眠《ねむ》りに落ちていたのです。

大佐は部屋の中から何か聞こえるかと待っていましたが、何も聞こえなかったので、階《かい》段《だん》を下りていきました。懐中《かいちゅう》電灯を消し、家のまわりの草地を落ち着きなく行ったり来たりしはじめました。

彼の注意はすぐ、草地の境のモミの木立《こだち》から聞こえる鳥たちの奇妙《きみょう》な叫《さけ》びに引きつけられました。好奇心《こうきしん》をそそられて近づいていくと、自然が作りだした独特の円形広場のようなところにたどり着いたことが、ほのかな明かりでわかりました。そこは昔、大佐の叔父《おじ》のモッロが、いまではもうすっかり朽《く》ちはてた木のベンチを作らせた場所でした。

かなり騒々《そうぞう》しいようすから、まわりの木には、大きな鳥が十羽ほどとまっているにちがいありません。大佐は声を聞き分けて、ミヤマガラス、ツグミ、フクロウ、それにカササギがいると思いました。

入り乱《みだ》れた大きな声はしだいに小さくなり、やがて静かになりました。そのとき、フクロウの並《なみ》はずれて堂々とした声が聞こえました。

「きみたちが、このようにいつまでも叫《さけ》んでいるなら」フクロウは叱《しか》りました。「今回もまた、審議《しんぎ》を中断せざるをえないでしょう。いつになっても終わりはしない」

そして、長いあいだ黙《だま》っていて、また話しはじめました。

「あと数分のがまんです。最後の証人に尋問《じんもん》したら、この裁判《さいばん》をようやく終えることができる。そういうわけで、きみは」フクロウはまちがいなく、ある特定の鳥に向かって言いました。「そういうわけで、きみは、測量は犯罪の口実でしかないと言ったのですね?」

「ほら、あなたはさっきからずっと、わたしの言うことを誤解《ごかい》してるんです」プローコロ大佐には聞き覚えのない鳥が、めそめそと答えました。「なぜあなたたちは、わたしが口にしてもいないことを言わせたがるんですか? わたしは、ただ言っただけなのに。プローコロがなぜあんな測量をしたのか、わけがわからなかったと。それに、もしも……」

「もうけっこう」集会の議長だとはっきりわかる先ほどのフクロウが、いばった調子でさえぎりました。「きみにはまったくわけがわからなかった。つまり、どのような理由も見あたらなかったということですね。森の真ん中にある二本の木、まして適当に選んだ木のあいだの距離《きょり》を知ることが、プローコロにとってどんな意味があるというのだ。分別《ふんべつ》を欠いていると言わざるをえない、わたしが言いたいのは……」

「実験のようなものでした」そのとき、尋問《じんもん》とは関係のない一羽の鳥が発言しました。

（その声を聞いたとたん、新しい見張りのカササギの声だとわかって、大佐はたいへん驚《おどろ》きました。）

「あれは、プローコロさんが初めて使う双眼鏡《そうがんきょう》のたんなる実験だったんですよ！　ばかげた仮定だとは思いますが、もし彼がほんとうにあの子を置き去りにしたかったのなら、あんなおそまつな口実《こうじつ》を使う必要があったでしょうか？　この審議《しんぎ》には悪意があると言わざるをえません。わたしが言いたいのは……」

「何よりもまず、わたしの口まねをするのは許さない」フクロウが、怒《いか》りのあまり興奮《こうふん》して言い放《はな》ちました。（猛烈《もうれつ》な勢いで羽をばたつかせるのが聞こえました。）「それから、プローコロのような男について話すとき、〈さん〉付けはやめてほしい。三つ目は、きみが試《こころ》みたほかのすべての言いわけ同様、きみの抗弁《こうべん》は幼稚《ようち》、さもなければもっとひどい言葉がふさわしいということです」

ここでフクロウは長く息をつき、重々しい口調でまた話しはじめました。

「そのようなわけで、みなさん、この裁判《さいばん》は終わります。すべて、なんら恥《は》じることのない良心をもって行われました。さあ、それでは」

ちょっと間《ま》をおいて続けました。

「取るに足らない細かい点を除《のぞ》き、百五十二の証拠《しょうこ》が採用されました。その証拠《しょうこ》によって、あのときの測量は、少年をひとり置き去りにするための、陰険《いんけん》な、くりかえします、陰険《いんけん》な口実《こうじつ》以外の何ものでもないと断言する根拠《こんきょ》が、われわれに与《あた》えられたのです。それでは、なぜ」フクロウは、さらに権威《けんい》的《てき》な声音《こわね》で続けました。「それではなぜ、プローコロは少年を置き去りにしたかったのか。自分がもっと静かにしていたかったのだろうか。もっと穏《おだ》やかな生活がしたかったのか。ゆっくり楽しむための時間がほしかったのか。ひとりきりで思索《しさく》に没頭《ぼっとう》するためか。いいえ、どんなに考えても、正当な理由を見出《みいだ》すことは不可能です。よって、プローコロを有罪とする。少年は、お腹《なか》をすかせて死ぬように置き去りにされたのです！」

鳥たちが口々に大声で叫《さけ》び、あたりの枝で大騒《おおさわ》ぎする音が長いあいだ聞こえていました。フクロウがふたたび話しだすまえに、見張りのカササギがもういちど、勇気をふるって意見を言おうとしました。

「終わりかけたころにやっと、この集会に来たのが残念です。そうでなければ、このばかばかしい裁判《さいばん》を中止させる方法を見つけられたのに。こんな判決に、なんの意味があるというのですか？　あの人のすることで、あなたたちにとってどんな大切なことがあるというんですか、プローコロさ……」

みんなはしんとなってカササギの言葉を聞いていましたが、彼は無理やり発言をさえぎられました。そしてフクロウが、きびしい口調で言いました。

「きみが反論《はんろん》するとは、あきれてものも言えない。多くの列席者のように、昼間だけ活動する者たちが、わざわざ夜、議論《ぎろん》をするためここにやってくるからには、まさに重大な理由があるにちがいありません。有罪の判決は、けっして執行《しっこう》されることはないだろうと、みんなわかっています。残念ながら、いまのところわれわれは、人間に対して、いかなる強制権《きょうせいけん》も行使できないのだ。われわれは、幻想《げんそう》を抱《いだ》いてはいないのです。しかし、心の内には古森《ふるもり》に対する敬意《けいい》があります。そしてわれわれの裁《さば》きには、きみが考える以上に、多くの効果があるのです。このような裁判《さいばん》は、ひじょうにまれにしか行われません。だからといって、効果がないとは思わないでほしい。有罪の判決が下されたという事実は、ぜったいに存続《そんぞく》することでしょう。たしかとは言えないが、おそらく長きにわたって、大佐に心の重荷《おもに》を感じさせることになるでしょう。ようするに」恐《おそ》ろしげな声で、フクロウはつけ加えました。「われわれの判決は直接、あるいは間接的に、プローコロの耳にかならず届《とど》くにちがいありません。むしろ彼自身が、ここにそびえる一本の木のうしろに身を隠《かく》し、われわれの言葉を聞いていたとしても、わたしは驚《おどろ》かないでしょう。そんなことは、われわれにとってどうでもいいことです」フクロウはここで口を閉《と》じ、深く息を吐《は》きました。

「みなさん、審議《しんぎ》は終了《しゅうりょう》しました」

暗がりのなかで、大きな羽ばたきが起こり、鳥たちはあらゆる方角に飛び去ってゆきました。しばらくのあいだ、彼らが揺《ゆ》らした木から、乾《かわ》いた短い小枝が地面に落ちていましたが、しだいにまばらになり、やがて静かになりました。そこでプローコロ大佐は、屋敷《やしき》に向かって歩きだしました。

第33章

屋敷《やしき》にもどるとすぐ、大佐《たいさ》は書斎《しょさい》に入り、電気をつけて机《つくえ》に向かいました。（ネズミがゆっくりと何かをかじる音が、壁《かべ》を通して彼の耳に届《とど》いていました。）

そのとき、うしろからだれかが小声で呼びました。「プローコロ。大佐」はっきりしない声でしたが、奇妙《きみょう》な反響《はんきょう》が残りました。

「だれだ？」大佐はぱっとふり向いて言いました。しかしだれもいません。大佐は、呼んだのは自分の影《かげ》、天井《てんじょう》までそびえるほど大きくなった影《かげ》だと気づきました。

「大佐！」影《かげ》が言いました。「わたしはきみが子どものころからついてきた。きみが眠《ねむ》っているときでさえ、けっして離《はな》れなかった。幾度《いくど》となくともに長い行軍をした。いっしょに馬に乗ってギャロップで走った。また、きみがまったく気づいていなくても、わたしは忠実《ちゅうじつ》につきそっていた。きみが起きたければわたしも起き、いつでもきみの望むとおりにしてきた。わたしが、万が一にも不平をもらしたことがあると言うなら、言ってほしいものだ。それなのに、ある日きみは軍隊をやめた。わたしは残念だった。わかるか。体のわきにそって揺《ゆ》れていたあのサーベルを下《さ》げることは、もうないということが……それでもなお、わたしは黙《だま》ってしたがった。覚えているか、プローコロ、そうだろう？」

「まあ、そうかもしれん。だが、それがなんだというのだ？　いったい何が言いたい」

「もっともだ」影《かげ》は小さな声で言いました。「はっきり言ったほうがいい。つまり、きみを置いて行かなければならない」

「わたしを置いて行く？　何を言っているんだ」

「きみを置いて行かなければならない」影《かげ》はくりかえしました。「わたしは、立ち去らなければならない、なぜなら、きみの名誉《めいよ》は失われたからだ」

「名誉《めいよ》は失われた？」大佐は、はじかれたように言いました。「おそらくおまえは、森でのあの裁判《さいばん》のことを言いたいのだな？　あんな茶番劇《ちゃばんげき》をおまえは本気にするのか？」

「わたしたち影《かげ》にとっては、鳥だろうが人間だろうが同じだ。裁判《さいばん》で、きみは有罪になった。たぶんわたしたちは、すこし形式を重んじすぎるようなところがあるかもしれない。

だが信じてほしい。笑ってすませられることではない。わたしは、プローコロ大佐の影《かげ》だ。これからもそうでありたい。わたしは昔と同じだが、きみは、とても変わってしまった。いっしょにやっていくには、いまではもうあまりにちがいすぎる。わたしだって残念だ。信じてほしい。わたしたちがいっしょにすごしたのは五十六年。言うなれば、ほぼ一生ということだ。かんたんには忘《わす》れられない。しかしもう終わりだ」

大佐は何も言いませんでした。

「じつは、昔の兵舎に帰ろうかと思っている」すこし黙《だま》っていたあと、影《かげ》は続けました。「わたしたちのいた連隊にもどれるだろう。ずいぶん昔のような気がする。わたしは、暗い片《かた》すみに身を隠《かく》さなければならないだろう。そして、だれにも見られないように、夜だけ歩きまわるのだ。そう、こうたずねられたら恥《は》ずかしいから。『影《かげ》よ、おーい、影《かげ》よ、おまえの主人はどこだ？　大佐殿をどこに置いてきたんだ？』大佐殿はもういない。わたしはこう答えなければならないだろう。『彼のサーベルは錆《さ》びついてしまった。だから、彼のことは聞かないでほしい』

誓《ちか》って言うが、きみをひとり残してゆくのは残念だ。しかし、原因はきみにもあるのだ。

きみのことはよくわかっていると言わせてくれ。プローコロ、きみはいつも世間を敵にまわした。犬一匹たりとも、きみを助けてはくれまい。きみは、まわりじゅうに穴《あな》を掘《ほ》った、きみはそこらじゅうに冷淡《れいたん》さをふりまいた……」

「黙《だま》れ！」大佐は激《はげ》しく言い放《はな》ちました。「わたしのことをそのように言った者は、だれもいなかった。わたしを置いて行きたいなら、行ってしまえ。もうじゃまするな」

影《かげ》は、ほんとうに行ってしまいました。そんなことが起こるはずはないと大佐は思っていたので、気にもしませんでした。ようやくふりかえったとき、影《かげ》はもう消えていて、彼の体がガラスでできているかのように、光を通しているのでした。

大佐ははじかれたように立ち上がると、不安げにあたりを見て、ぼそぼそと何か言いました。それからドアに向かって走り、懐中《かいちゅう》電灯を手にして、何かを探すように部屋を出ました。

「待て！　待つんだ！」かすれた声で呼びました。自分の影《かげ》がまわりの壁《かべ》に長くのび、軍人らしい堂々とした威厳《いげん》をもって、階段《かいだん》の下までおりていくのを見たのです。わきには長いサーベルを下《さ》げていました。

追いかけるにはもう遅《おそ》すぎました。影《かげ》は敷居《しきい》をこえ、ドアを開け放《はな》したまま闇《やみ》にとけこみました。

そこで大佐はいちばん近くの窓《まど》を開け、暗闇《くらやみ》に向かって叫《さけ》びました。

「せめてドアを閉《し》めていけ!」でも、もちろん影《かげ》は歩きつづけます。

急に疲《つか》れをおぼえ、大佐は窓台《まどだい》にもたれかかり、地面を見つめたまま額を手でぬぐいました。自分を取り巻く重苦しい静けさを感じたのです。それは、古い屋敷《やしき》のたくさんの不可解な気配《けはい》がいりまじった静寂《せいじゃく》でした。大佐はそのまま、時がゆっくりとすぎるにまかせていました。時は休みなく人生を飲みこんで、刻々《こくこく》と大きくなり、ますます巨大《きょだい》になりながら、しんぼうづよく年を重ねていくのでしょう。

ちょうどこのとき、ベンヴェヌートが深い眠《ねむ》りから目覚めました。ゆっくり目を開けると、ぞっとするほど恐《おそ》ろしげな姿《すがた》の五人にベッドを取り囲まれていて、一瞬《いっしゅん》わけがわかりませんでした。それから、両手をついてやっとからだを起こすと、悪夢たちは揺《ゆ》れ動き、どうだ怖《こわ》いだろうと言わんばかりに、思いつくかぎりの身の毛のよだつポーズをとりました。ネズミは、かじるのを中断しました。

「だれかと思ったら、きみたちか」ベンヴェヌートはつらそうに息をしながら、ひとことひとこと、はっきりと言いました。「ずいぶん早く来たんだね……最初にぼくを怖《こわ》がらせたのは三年まえ。でも、もうあきらめたほうがいいよ。あのときとは、いろんなことが変わったんだ。ぼくをほうっといて……にくらしい子牛め、忘《わす》れるもんか。ぼくの背中《せなか》にかみつこうとした。それから、夜明けの光がさすと、怖《こわ》がったのはおまえのほうだった……帰れ。ぼくは病気なんだ。恥《は》ずかしくないの？……もし勇気があるなら、セバスティアーノおじさんのところへ行ってみなよ。おじさんの部屋へ行ってみなよ……でも、ぼくのことはかまわないで！……行けったら！　どっちにしても怖《こわ》くなんかならないさ！ひきょうもの！　ぼくは病気なんだから」

そのとき、ちょうどドアが大きく開きました。シーツのように血の気の失《う》せた顔の大佐が現れたのです。彼のまなざしは変わり、口は奇妙《きみょう》にまがって、顔のしわもふえているようでした。もう、ひと月まえの大佐でも、九時に草地にいたときの彼でさえもありません。少年を見つめながら、きびしい表情でしばらく立っていましたが、それから悪夢たちを激《はげ》しい身ぶりで追い払《はら》いました。

「出ていけ、くそっ、出ていけ！」かみつくように叫《さけ》びます。「ここから出ていくんだ、悪党《あくとう》どもめ！」

悪夢たちがベンヴェヌートの部屋から出るのを待って、ドアにかんぬきをかけ、玄関《げんかん》までついてゆきました。

「屋敷《やしき》から出ていけ、さっさと行くんだ！」扉《とびら》を開け放《はな》ちながら、くりかえします。

悪夢たちは、夜のなかにころげ出ました。

手に懐中《かいちゅう》電灯を持って、プローコロ大佐はすこしのあいだ、まるでちょっと休んでいるようにじっとしていました。三分間、物音ひとつしません。静かでした。すると屋敷《やしき》の中で、またカサコソとネズミが何かをかじりはじめました。

大佐ははた目にもわかるほどびくっとして、懐中《かいちゅう》電灯で照らしながら、うしろから追いかけられているみたいに、古い道具がいっぱいの物置部屋に急ぎました。そして、大きなかなづちを手に取り、一段《だん》ぬかしで階段《かいだん》を上がると、ベンヴェヌートの部屋の真上にある屋根裏《やねうら》部屋に着きました。そこは、からっぽの長方形の部屋です。大佐はうしろ手でドアを閉《し》めました。

懐中電灯《かいちゅう》の円錐形《えんすいけい》の光がさっと床《ゆか》を這《は》うと、下のほうに大きな穴《あな》のあいている、板張りの壁《かべ》の前で止まりました。そこで、少年がよく知っている片足《かたあし》の不自由なネズミが、夢中で梁《はり》をかじっていたのです。大佐だとわかったのか、ネズミはかじるのを中断しました。

「ほら、おれはここにいるぞ、おまえに宣言《せんげん》したように」とネズミは言いました。「もうじき梁《はり》は、すっかり切断されて落ちるだろう。おれはきちんと測ったんだ。ちょうどベッドの真ん中に、ドスンと落ちるよ。あいつの頭めがけてな」

暗がりのなか、大佐の息づかいが聞こえました。興奮《こうふん》して怒《おこ》っているようでした。それから、きしむような押《お》し殺した声で言いました。

「こんなひどいことは、もうたくさんだ！」うめくように言いました。「なんてことだ！下には、瀕死《ひんし》のあいつがいるというのに！　さあ、けだものめ、許さんぞ。けりをつけてやる」

「だが、おれのやることをほうっておいたのは、おまえじゃないか……」穴から躍《おど》りでて、すばやく部屋をよこぎって逃《に》げながら、ネズミはぶつぶつと言いました。

「なんだと、ほうっておいたのはわたしだと？」大佐はあざけるように言うが早いか、からだをかがめ、ネズミめがけて、くるったようにかなづちを投げつけました。すると、ネズミの頭の骨《ほね》が、クルミのように砕《くだ》けてしまいました。その一撃《いちげき》の音は、屋敷《やしき》じゅうに響《ひび》きわたりました。

床《ゆか》や家具、屋根、窓《まど》、階段《かいだん》の踏《ふ》み板、台所に積み重ねられた薪《たきぎ》までもが、長いあいだきしみつづけたほどでした。

第34章

次の日、ベンヴェヌートの容態《ようだい》が悪くなりました。二度往診《おうしん》に来た医者は、夕方には、もう医学でできることはほとんどないと説明しました。

大佐《たいさ》は何度かようすを見に来ただけで、病人の部屋には数分しかとどまりませんでした。あとは書斎《しょさい》に閉《と》じこもり、肘掛椅子《ひじかけいす》にすわって本を読もうとしていました。

夜になると、ベンヴェヌートはぐったりと苦しげで、意識を失うほどの眠《ねむ》りに落ちていきました。外は雨です。夕食のあと、大佐はまた書斎《しょさい》に引きこもりました。書きもの机《づくえ》の上の電気スタンドをつけてすわりましたが、彼のからだはかすかな影《かげ》さえ映《うつ》すことはありませんでした。

およそ二時間あまり、大佐は一ミリも動きませんでした。糊《のり》のきいたシャツのこすれる音とともに、胸《むね》だけがゆっくりと上下していました。

十時三十分ごろ、とつぜん何か考えが浮《う》かんだように、大佐はすっくと立ち上がりました。一階に下りて外に出ると、二、三度マッテーオを呼びました。マッテーオの返事がなかったので、大佐は決心したように急いでレインコートを取りに行きました。

夜ふけにもかかわらず、影《かげ》に見捨《みす》てられたことを気づかれないようにするためか、懐中《かいちゅう》電灯もつけないで、プローコロ大佐はベルナルディを探しに古森《ふるもり》に出かけていきました。

古森《ふるもり》のはずれに着いたとき、ベルナルディがとつぜん森から現れました。

「わたしを探しているんですか、大佐」木の精は聞きました。

「ベンヴェヌートが死にそうなのだ」大佐が言いました。「きみたち木の精なら、打つ手があるのではないか。もしかしたら、何か治療法《ちりょうほう》を知りはしまいか?」

「ちょっと待ってください。人の死は、起こるときには起こります。なぜなら、死ぬことになっているから。つまり、破ることのできない法則があるのです。でも、もしあなたが言うような……わかります……少年ですね……たしかに、わたしたち木の精にできることがあります。昔からそなわっている力で、いまでも残っているものがあるのです。そうですね、ためせるかもしれない……」

「だったら、ためしてくれればいいじゃないか」大佐はさえぎるように言いました。

「どうか落ちついて。そのかわり、大佐はわたしたちに何をしてくれるのですか?」

「何をすればいいのだ。言ってくれ」

「わたしたちを、そっとしておいてほしいのです」すこしして、木の精は答えました。

「それだけが、わたしたちの望みです。わたしたちの枝一本も、切らないでほしい。そして、とくに、薪《たきぎ》集めというひどい命令を取り消してほしい」

「そんなことをしたら、森はわたしにとってなんの役に立つというのだ? これらの木はすべて、わたしにはもう何ももたらさないのか? 自分が所有者だと知っているだけ。それだけで、満足しなければならないのか?」

「聞いたのはあなたですよ、忘《わす》れないでください」ベルナルディは穏《おだ》やかに言いました。

ふたりはこうして暗闇《くらやみ》のなか、雨のしずくにぬれながら無言で向きあっていました。沈《ちん》黙《もく》を破ったのは、ベルナルディでした。

「プローコロ大佐、わたしは帰ります。どうしますか?」

「わたしがどうするか、きみにはわかっている」大佐は目をそらして、つぶやきました。

「さあ、これがわたしの答えだ」そして、ベルナルディに片手《かたて》をさし出しました。それからすこし背《せ》をかがめ、屋敷《やしき》をめざして立ち去ったのでした。

百メートルばかり歩きました。用心深くあたりを見まわし、ベルナルディからはもう見えないとわかると、自分に向けて懐中電灯《かいちゅう》をつけてみました。急ぐとたいせつな魔法《まほう》が解《と》けてしまうかのように、信じられないほどゆっくりとうしろをふり向きました。

大佐は、自分の影《かげ》がもどっているのを見ました。たしかに、ほんとうに彼の影《かげ》でした。疑《うたが》いようもなく、セバスティアーノ・プローコロの、いつもの見慣れた影《かげ》でした。影《かげ》は、きっちりと足にむすびつき、いつものように地面にはりついていました。

大佐は目を輝《かがや》かせてそのようすを見ましたが、影《かげ》を喜ばせないように、唇《くちびる》に浮《う》かんだ笑《え》みを抑《おさ》え、明かりを消して歩きだしました。

ここまではたしかな話です。でもそのあと、木の精たちがベンヴェヌートの病気を治すために何をしたのか、これはまったくの謎《なぞ》です。たぶん少年もわたしたちも、ほかのだれも、それを知ることはないでしょう。

第35章

まだベンヴェヌートの病気が癒《い》えていないころ、木の精たちが古森《ふるもり》の入り口に積んでおいた最後の薪《たきぎ》を、小型トラックが運び去りました。その日から、そこはからのままでした。古森《ふるもり》の木の精に対する、セバスティアーノ・プローコロ大佐《たいさ》の権力《けんりょく》は失われたのです。

たくさんのうわさがささやかれていた谷でも、もうまえのようにはいかないと見抜《みぬ》かれていました。おおぜいが信じた、大佐の秘《ひ》められた力についての悪意のこもったうわさ話は、人びとの関心を失い、聞かれなくなっていきました。

冬に近づくころには、奥谷村《おくだにむら》では、古森《ふるもり》の所有者のことはほとんど忘《わす》れ去られていました。プローコロ大佐は、まるで遠い昔の、ほんとうにいたかどうかもわからない人物のようでした。かつては彼の名前が人前で出ると、恐怖《きょうふ》やぞっとする冷たさが感じられました。だから人びとは、彼の話をほとんどしたがらなかったのです。プローコロのような恐《おそ》ろしげな人間は何をするかわかったものではないので、とくに黄昏どきには、しばしば大佐のことがみんなの頭をよぎったものでした。ところがいまでは、大佐についてあえて冗談《じょうだん》まじりに話したり、思い上がった意地の悪い人間だと堂々《どうどう》と述べる者も現れました。

たぶん大佐は、これらすべてのことに気づいていたかもしれません。（彼の並《なみ》はずれた鋭《するど》さは、何かにつけて証明ずみでした。）いずれにしても、ベンヴェヌートの病気のあと、大佐が古森《ふるもり》をますます頻繁《ひんぱん》に散歩するようになったことはよく知られています。

森の息づかいは、もう以前のようではありませんでした。それは、いまではもう木の精たちが人間や動物の姿《すがた》にならないからでも、ベルナルディが姿《すがた》を見せないからでもありません。言葉では言いようのない何かが、欠けてしまったのです。

以前、あたりにわきたっていた生き生きとした生命力は、木々の中に閉《と》じこもっていました。ようやく平和が訪《おとず》れ、木の精たちはモミの木の中で年月を数えていました。そして大佐は、あたりを見まわしながら、立ち止まることもなく歩きつづけていたのです。自分の連隊を離《はな》れるまえ、兵営ですごした最後の日のように。

あの日、プローコロ大佐は兵舎をくりかえし見てまわりました。それが自分のものではなくなって、何年も苦労して積みあげた自分の権威《けんい》も、とつぜん消え失《う》せてしまったかのように感じながら。昨日はまだ大佐の視線《しせん》におびえていた兵士たちが、明日はもう対等な人間として大佐を扱《あつか》い、道で会ってもあいさつすらしないだろう。

数えきれないモミの木、長い長い年月を経《へ》て強く固くなった堂々《どうどう》たる木々、立っているのが不思議なほどほっそりした幹、影《かげ》、枝のざわめき、わずかに跡《あと》を残すかぼそい獣道《けものみち》、鳥のさえずり、松ヤニやよく肥えた土のにおい、昼間、遠くの人気《ひとけ》のない場所から聞こえる不可解な叫《さけ》び声、荘厳《そうごん》な静けさ。

大佐は、これらすべてがもう自分のものでないと感じていました。彼はよそ者で、自分の富に手をふれることもできない、名前だけの所有者のように歩いていきました。かつては、たとえひどく嫌《きら》われ憎《にく》まれてはいても、森の主《あるじ》として歩いていたというのに。

何も動く気配《けはい》のない木陰《こかげ》から、空に溶《と》けこんでたえず風に揺《ゆ》れている梢《こずえ》まで、大佐の視《し》線《せん》は木の幹に沿《そ》って、上から下へ、下から上へと何度でも流れました。

ときどき森の奥《おく》で、自信なげにあたりを見まわしてから呼んでみました。

「ベルナルディ！　ベルナルディ！」

もしかしたら、彼と話をしたかったのかもしれません。とつぜん姿《すがた》を消した木の精たちについて、まだ何か知りたかったのでしょうか。でも、大佐に答えてくれる者はありませんでした。ただ、木のてっぺんの葉の海鳴りにも似たざわめきが、ゴウゴウと聞こえるだけでした。

第36章

こうして、一九二六年の冬になりました。寄宿学校にもどったベンヴェヌートは、またスキーをはじめ、自由時間にはいつもの谷へ練習に行きました。たびたび、マッテーオもそこにやってきました。

スキー板は言うことを聞きはじめ、すこしずつ思いどおりになり、深く積もった雪でもうまく滑《すべ》れるようになっていきました。

ある日ベンヴェヌートは、スキーの得意な生徒たちが滑《すべ》る長い斜面《しゃめん》のてっぺんに、小さな姿《すがた》を見せました。ほかの少年たちは下の平地にいて、点のような彼をこわごわながめています。ベンヴェヌートは目を半ば閉《と》じ、背中《せなか》を丸めて急な雪の斜面《しゃめん》を滑《すべ》り降《お》りました。スキー板はカタッ、カタッときしみ、危《あぶ》なっかしそうに、どうにか凍《こお》ったゲレンデを踏《ふ》みつけていました。

プローコロ少年はものすごいスピードで滑《すべ》ったので、風を受けて目は涙《なみだ》でうるみ、空気は耳の中でピューピュー鳴り、木々は両側を飛ぶようにすぎさり、心臓《しんぞう》はドクドク打ちつけ、もう止まることはできませんでした。

少年たちは、自分たちの真ん中をベンヴェヌートが通りすぎるのを見ました。またたく間に消えてしまう、キラキラ輝《かがや》く妖精《ようせい》みたいな雪煙《ゆきけむり》をたなびかせながら、ベンヴェヌートは稲妻《いなずま》のような速さで彼らの前を通りすぎ、すごい勢いで平地全体を横切り、さらに下って、木々の真ん中につっこみました。そこから、二十羽ほどのカラスが文句を言いながら飛び立ちました。

「ベンヴェヌート！　ベンヴェヌート！」たくましく元気な生徒たちが、ベンヴェヌートに向かって叫《さけ》び、笑いながら走り寄りました。ベンヴェヌートは、もう彼らの仲間でしたから。

日を追うごとに、年の終わりゆく気配《けはい》がしていました。屋敷《やしき》では、時間がひどくゆっくりすぎていきます。大佐《たいさ》は、長い時間ラジオを聞いていることにがまんできなかったので、日が暮《く》れてからはよけいに時がたつのを遅《おそ》く感じていました。

「たまには村に下りて行ったらいかがですか、大佐。お相手が、見つかるでしょうに」

使用人のヴェットーレは、プローコロ大佐にたびたび言ったものです。

でも、大佐は外出することもなく、彼を訪《たず》ねてくる者もいませんでした。例外は、ベンヴェヌートのものになった森の管理について報告するため週二度は訪《おとず》れるアイウーティ、短くそっけないあいさつをしに日曜の朝ごとにやって来るベンヴェヌート、ときどき新しいできごとを伝えに来るカササギ、そして、もはや出されることのない命令を受けに、毎日の夕方五時に訪《おとず》れる風のマッテーオだけでした。

大佐はマッテーオにはとても用心していて、古森《ふるもり》の妖精《ようせい》に対する権力《けんりょく》を失ったことを、ましてそのいきさつについてはなおのこと、けっして悟《さと》られないようにしていました。ふたりとも、つまりマッテーオと大佐は、ベンヴェヌートの話題を避《さ》けていたようです。

かつて少年を殺そうと試《こころ》みたふたりは、あのときからすっかり変わってしまったにもかかわらず、いまでも自分は昔のようにきびしく、やさしさの感情などないと思われるように努めていたのです。たぶんお互《たが》いに、そうすることによって戦闘的《せんとうてき》なはつらつとした心を保てると勘《かん》ちがいしていたのでしょう。会うときはかならず、相手がベンヴェヌートの話をはじめやしないか恐《おそ》れていました。それで、いつも黙《だま》っていることになりました。大佐のような人間にも「信頼《しんらい》」という言葉をつかえるとするなら、セバスティアーノ・プローコロは、より大きな信頼《しんらい》の気持ちをカササギに見せていました。

「もちろんよくわかっている。おまえはけっきょく、いちども強く言わなかった。おまえの兄の死について、わたしを非難《ひなん》することはなかった」大佐は何度もカササギに言いました。「わたしはよく知っている、おまえは、詩や、似たような類《たぐい》のたわごとなど考えたことはなかった。たとえうまくいかなくても、いっしょうけんめい仕事をした……」

ほんとうはこうつけ加えたかったのかもしれません。

「……それにわたしは、生きているかぎり忘《わす》れない。おまえが裁判《さいばん》で、どんなにわたしを弁護してくれたか。だれもおまえに、意見を求めていなかったのに」

でも、恥《は》ずかしくて言えませんでした。

新しいできごとを知らせに来たときはいつも、カササギは机《つくえ》の上の電気スタンドにゆったりととまり、いっぽう大佐は肘掛椅子《ひじかけいす》に深々《ふかぶか》とすわりこみ、カササギの話をじっと聞いていました。

大佐がひそかに抱《いだ》く感情など知るよしもなく、好奇心旺盛《こうきしんおうせい》なカササギは、ベンヴェヌートについて話すのを楽しんでいました。少年が以前に比べてたくましくなったこと、仲間たちと同じようにスキーがうまくなったようすなど。

あるときカササギは、たいそう混乱《こんらん》しながら、悪夢たちがやってきたときのことを話しました。ベンヴェヌートが森の中で眠《ねむ》ったある晩《ばん》、悪夢たちにふいに襲《おそ》われはしたものの、リュックサックにひとりをうまく閉《と》じこめることができた、という一件でした。大佐をおもしろがらせ、すこしは打ちとけさせようと、カササギが話をわざとオーバーにしたのかもしれません。

ところが、大佐は文句も言わず、話の途中《とちゅう》で二度こう言っただけでした。

「愉快《ゆかい》だ……じつに愉快《ゆかい》だ」

とはいえ、カササギの報告の多くは、たいていはとても退屈《たいくつ》なものでした。とくに寒い時期、少年たちが寄宿舎に閉《と》じこもりがちになると、話はいろいろ広がったのです。モミの木の枝の割《わ》れ目のこと、きつねが谷底の農場を襲《おそ》ったこと、野ウサギが雪崩《なだれ》で生き埋《う》めになって死んだこと、山のとある片《かた》すみに新しいこだまが現れたこと。

カササギは、風のエヴァリストの監修《かんしゅう》で流された『風《かぜ》の会通信《かいつうしん》』についてふれることは、ほとんどありませんでした。大佐の興味をひかないニュースばかりでしたから。それでも、大佐はどんな話でも聞きました。たぶんいく晩《ばん》も続く夕べのわびしさを思うにつけ、たったひとりの親しい友人に、そばにいてほしかったのでしょう。

第37章

十二月三十一日の日が暮《く》れ、人びとは新年を迎《むか》えようとしていました。

その夜も、いつものように、セバスティアーノ・プローコロ大佐《たいさ》はひとりでした。（ベンヴェヌートがお決まりのあいさつをしに、夕暮《ゆうぐ》れまえに寄宿学校からスキーでやってきましたが、ほんの数分で帰ってしまいました。）

夕食のあと、大佐は書斎《しょさい》に入り、ラジオをつけました。ヴェットーレは、夜中に主人が新年の祝杯《しゅくはい》をあげられるよう、泡立《あわだ》つマスカットのワインとワイングラスをひとつ食堂に用意し、それから台所の暖炉《だんろ》のそばにすわって居眠《いねむ》りをしていました。

マッテーオがプローコロ大佐の書斎《しょさい》の窓辺《まどべ》から声をかけたのは、九時ごろだったと思われます。大佐は部屋にきびしい寒さが入らないよう、窓《まど》を開けませんでした。そのかわりに厚いマントを着て、空に現れたばかりの月明かりが照らしている屋敷《やしき》の外に出ました。

「大佐」マッテーオが言いました。「あんたに新年のすごいプレゼントをもってきた。すばらしいニュースだ」

「さっさと言ってくれ」大佐は言いました。「今夜は冷える」

「きっと大満足だろう。ベンヴェヌートが……」でもその先は、マッテーオの声はくぐもり、何を言っているのかわかりませんでした。

「ベンヴェヌートだって？……どうしたのだ」

「雪崩《なだれ》が起きて……」すこしして、マッテーオがまた話しはじめました。「それで、あいつが巻きこまれた」

大佐はじっとしていました。

「たしかなのか？　場所はどこだ？」消え入りそうな声で、たずねました。

「ゆるゆる谷《だに》だ。古森《ふるもり》との境の斜面《しゃめん》をスキーで滑《すべ》り降《お》りているとき、すでに暗くなっていた」

「マッテーオ、冗談《じょうだん》ではないだろうな？」

「このことは、まだだれも知らない。ベンヴェヌートの仲間も気づいていない。春になるまで、だれにもわからないだろう」

「ゆるゆる谷だな？　いったいどのあたりだ？」

「いちばん上のほうだ」マッテーオが言いました。「わきの斜面《しゃめん》だった。ちょうどそれを目撃《もくげき》したカラスが、おれに教えてくれた。おれもさっき雪崩《なだれ》の跡《あと》を見た。すごく大きかったにちがいない。仲間たちがもう帰ってしまったのに、ベンヴェヌートはスキーをしていたんだ」

「それで、だれもあいつを助けに行ってないのか？」

「そうだ。安心しろ。さあ、おれはもう行くよ、大佐。今度ばかりは、あんたも満足だろう」

「そうだな」大佐はつぶやきました。「まったく、おまえの言うとおりだ」

マッテーオが遠ざかるのを待って、大佐は暖《あたた》かな屋敷《やしき》へもどりました。

ヴェットーレは暖炉《だんろ》のそばで眠《ねむ》りつづけています。大佐は、モッロの二輪馬車や、雑多な古い道具が置かれたままの車庫に入っていきました。そしてシャベルを一本手に取り、よく調べたあと、暗い外に出ていきました。

月明かりに照らされて、大佐は草地を斜《なな》めに横切りました。雪の上に、ブーツの深い跡《あと》と、濃《こ》い青色の細い筋《すじ》が残りました。

雪が深く積もっているので、大佐はシャベルを肩《かた》にかついで、軍人らしい断固《だんこ》たる大股《おおまた》でゆっくりと歩いて行きました。遠くから見たら、けんめいに骨《ほね》を折って進むその姿《すがた》は、だれにもセバスティアーノ・プローコロだとはわからなかったでしょう。

大佐は、谷底に向かって斜《なな》めに下って行きながら、木々のあいだに分け入りました。モミの木はこのあたりではまばらで、視界《しかい》はより開けています。彼はようやくゆるゆる谷に着きました。片側《かたがわ》の草木の生えていない幅《はば》の広い斜面《しゃめん》に、山から滑《すべ》り落ちた真新しい雪崩《なだれ》の跡《あと》がはっきり見られました。静かで、人気《ひとけ》のない場所です。

不安な足取りで、大佐は雪崩《なだれ》の起きた場所に到着《とうちゃく》しました。そして信じられないことに、そのときほかでもないセバスティアーノ・プローコロが、手を貸してくれる人はいないかあたりを見まわしたと言われています。

彼はベンヴェヌートを見つけるため、シャベルの柄《え》で雪に探《さぐ》りを入れはじめました。雪崩《なだれ》で積もった雪はおよそ百五十メートルの長さがあり、大佐は長い時間、探《さぐ》りつづけました。ときどき何か固いものに当たったように思えて、息をきらせて掘《ほ》ったものの、まちがいだったことに気がつくのでした。

どこからやってきたのかわかりませんが、十時十五分ごろ、この谷では見かけない小さな激《はげ》しい風が斜面《しゃめん》にそって進み、地吹雪《じふぶき》を起こしました。地面から一メートル五十センチほど上で、月明かりのもと、きらめきながら雪が渦《うず》を巻きはじめました。

大佐の厚いマントも、地吹雪《じふぶき》からじゅうぶんに身を守ることはできませんでした。軍服の中にまで、氷のように冷たい雪が入りこみました。目を開けていられず、手袋《てぶくろ》をしているにもかかわらず、手は凍《こご》えていきました。それでも彼は、なんの成果も得られないままシャベルであちらこちら掘《ほ》りつづけました。

その風は、自分のしていることが気に入ったらしく、地吹雪《じふぶき》はますます強烈《きょうれつ》になりました。空はすっかり晴れ、月がいつものように動いてゆきます。

激《はげ》しい地吹雪《じふぶき》のなかでも、大佐は捜索《そうさく》をあきらめませんでした。手遅《ておく》れになるのではないかという恐怖《きょうふ》で、落ち着きを失っているようでもありました。ある場所を三、四回掘《ほ》ってみては別の場所をためし、また最初のところにもどり、それからまた別のところを掘《ほ》り

はじめるのです。不安げにはためくマントの広いひだのあいだで、地吹雪《じふぶき》はくぐもった風音をたてていました。

風が強く吹《ふ》きつけるなか、がむしゃらに掘《ほ》りつづける大佐の動きは、しだいに遅《おそ》くなりました。とつぜん彼は疲《つか》れて動きを止め、シャベルにもたれかかりました。五十六年の人生で初めてのことですが、彼の背中《せなか》はすこし曲がっていました。

とうとう大佐は、わきに寄って斜面《しゃめん》の端《はし》まで身を引き、一本のモミの木に寄りかかりました。地吹雪《じふぶき》は大佐の近くで荒《あ》れくるい、長いあいだその木の下でぐるぐる回り、あっというまにブーツをおおい隠《かく》すほど、どんどん雪を積もらせました。

地吹雪《じふぶき》がやむのを待つあいだ、プローコロ大佐は左手でシャベルを握《にぎ》り、まっすぐじっと立っていました。地吹雪《じふぶき》でめちゃくちゃになった自慢《じまん》の口ひげは、突風《とっぷう》の合い間にときどきなでつけて直したにもかかわらず、口の両わきに垂《た》れさがってしまいました。大佐は、ひげを直すのもあきらめました。

第38章

十一時五十五分ごろ、その知らせを森にもたらしたのは、一匹の野ウサギだったでしょうか。

「大佐《たいさ》が死にかけている」といううわさは、あっというまに広まり、古森《ふるもり》の境にまで届《とど》き、谷の底に下り、人の住まない草原に入りこみ、山々の峰《みね》にまで達しました。

眠《ねむ》っていたところを起こされた小鳥たちは、ほんとうだろうかとぶつぶつ言っては、また翼《つばさ》の下に頭をもどすありさまでした。でもその知らせは、リスやキツネ、アルプスマーモットや、冬眠《とうみん》からいきなり起こされたたくさんの動物たちによって、くりかえし伝えられました。新しい年の初めにあたっては、森を穏《おだ》やかにしておこうと決めていた風たちでさえ、何度も知らせてまわりました。エヴァリストもみずから休息を中断し、その知らせを触《ふ》れてまわったほどです。

こうして、古森《ふるもり》のはずれにあるゆるゆる谷に、その時だけは特別に休戦したように、森の動物たちが集まりました。ある血筋《ちすじ》の最後の生き残りといわれる年老いたクマまでもが、木の幹の影《かげ》に姿《すがた》を見せ、大佐がどのような最期《さいご》を迎《むか》えるのか興味ぶかそうに見つめているのでした。あたりの木を小鳥たちが埋《う》めつくし、特等席を争《あらそ》ってくちばしでつつきあっています。とうとう古森《ふるもり》の木の精までやってきました。全員ではありません。というのも、場所がじゅうぶん広くはなかったからでしょう。三百人か四百人いたでしょうか。そのなかにベルナルディもいました。木の精たちもまた、大佐に気づかれないよう、木々のあいだに隠《かく》れていました。

それでもやはり、何匹かの野ウサギやリスたちは、見たい気持ちをおさえきれずに、止められているのも忘《わす》れて雪原に出てしまいました。

地吹雪《じふぶき》は、しだいに弱まっていきました。もう地面すれすれにぐるぐるうずを巻いて、弱い音がするだけでした。

でも大佐は、モミの木に背中《せなか》をあずけ、じっとしています。雪は風でうず高く積もり、大佐の足は半分埋《う》まっていました。それでも彼は、麻痺《まひ》したかのように、雪から抜《ぬ》け出そうとはしませんでした。

セバスティアーノ・プローコロ大佐には、もはや動く力はなかったのです。凍《い》てつく寒さが彼のからだに浸透《しんとう》し、腕《うで》も足も感覚がなくなっていました。ただ目だけがあちこちとすばやく動き、月明かりの下でのぞき見ている野ウサギやリスたちを見つけていました。すこしすると大佐は、木々のあいだでうかがう者たちすべてにも気がつきました。

「この騒《さわ》ぎはなんだ」大佐の声が響《ひび》きわたりました。「この人だかりは、いったい何ごとだ。何がそんなにおもしろい」

動物たちがおびえ、いっせいにあとずさりしたので、あたりの森にざわめきが起こりました。あわてて逃《に》げる足音や、大きく羽ばたく音が聞こえます。

「大佐」そのとき、見張りのカササギが声をかけました。彼もまた、カラマツのてっぺんからこの谷にかけつけたのです。「だれか呼ぼうか?」

「おまえまでここにいるのか!」大佐が激怒《げきど》して言いました。「自分のめんどうだけ見てろ。そのほうがましだ」

「大佐」カササギは、あきらめずに言いました。「月明かりで、あんたの顔が奇妙《きみょう》な色に見える。具合がよくないんだ。だれかに来てもらったほうがいい」

「わたしのことはほうっておけ」プローコロ大佐は言いました。「自分の兄のことを思い出してみろ、どんな最後だったか」

「それでは、行くよ」カササギは言いました。「じゃあ、これっきりお別れだ」そして、カササギは月を背《せ》にして飛び立ち、木々の上を遠ざかっていきました。

カササギがいなくなって、自分はひとりになったと思った大佐は、頭をがくんと下げ、モミの木の根元にぐったりとすわりこみました。ところが、たくさんの動物たちがすこしずつゆるゆる谷にもどってきていて、じっと静かにそのありさまを見ていたのです。吹雪《ふぶき》はほとんどおさまっていました。もう真夜中近くでした。

ついにマッテーオもやってきました。

「大佐、いったいどうしたんだ?」モミの木のまわりを二、三度回ったあと、マッテーオが言いました。

「罠《わな》をしかけに来たのさ」大佐は、すばやく立ち上がりながら答えました。「キツネをつかまえようと、三つ四つしかけた」

「シャベルを持ってるくせに」マッテーオが重ねて言いました。「あんたはベンヴェヌートを助けに来たんだろう。ほら、これが真実だ。いま、あんたは死にかけている。でも、こんなことはむだだったんだ」

「むだ、だと？」プローコロ大佐は、しぼり出すような声で聞きました。

「むだだ。あれは、冗談《じょうだん》だったんだ。ベンヴェヌートは寄宿学校にいる。おれはあんたに、いい知らせを伝えたかっただけだ。新年をしばらく満足してすごせるように」

「冗談《じょうだん》。冗談《じょうだん》だった、そう誓《ちか》うんだな！」

「誓《ちか》うよ、大佐。でも、おれはこんなことになるなんて、思ってもみなかった。あんたはいつも、おれに言ってたじゃないか……」

「冗談《じょうだん》。あぁ、たいした冗談《じょうだん》だ！」プローコロ大佐は言いました。「またとない冗談《じょうだん》だった……」

「あんたは正直な気持ちを言えばよかったんだ」マッテーオは弁解しました。「おれは、思ってもみなかった……」

「おまえには関係のないことだ」大佐は言いました。「さあ、屋敷《やしき》にもどろうじゃないか」

「手遅《ておく》れではないのか。もう、どうしようもないのではないか。あんたにはもう、その力がないようだ……でも大佐、なぜそう言わなかったんだ？　なぜ別の顔を見せようとしたのだ？　白状しろ。そうさ、おれはずっとへとへとだった。おれにはいま、凧《たこ》をあげるぐらいの力しかない。でも、あんたも年を取った。もう昔と同じではない。心の中では温《ぬく》もりが必要だと感じているが、けっしてそうは言いたがらなかった。恥《は》ずかしかったのか？　大佐。人間らしくすることが恥《は》ずかしかったと？　ほかのみんなと同じようにすることが？」

「わたしは屋敷《やしき》に帰ると言ったんだ。さあ、ほうっておいてくれ」

「ほうっておいてくれ、か！　そんなことをかんたんに言うのだな！　忘《わす》れたのか？　救い出してくれたとき、おれが誓《ちか》ったことを。おれの命はあんたとともにある、最後の時まで。もしあんたが死ねば、おれも死ぬことになる」

「すまない」大佐は言いました。「ほんとうに、すまない。しかしいまとなっては、もう昔の話だ。もうおまえは、わたしにかまわないほうがいい」

マッテーオは、立ち去ろうとしていました。風のそよぎが、またたくまに小さくなりました。

「マッテーオ！」そのとき、プローコロ大佐が叫《さけ》びました。「ちょっと待ってくれ！ ひとつ忘《わす》れたことがある。おまえに悪く思われないように言っておきたい。うそをついて、悪かった。本心を偽《いつわ》ったりしてすまない。しかし、うそをついたのは、たった一度だけだ」彼の声はかすれて小さくなりました。

「もういいよ、大佐」すぐ引き返して、マッテーオは言いました。

「あんたの言うことは、わからないでもないよ。それじゃ、おれもここに残らせてくれ。いっしょにいることはできる。どうせおれたちは、たぶん年の初めの太陽を見ることはできないのだから」

「だめだ」大佐は言いました。「おれは、ひとりでいたい」

第39章

新しい年が明けてゆくころ、こうして甥《おい》を探して疲《つか》れはてた大佐《たいさ》は、ひとり雪原に残りました。動物たちも、木々のあいだで眠《ねむ》りこんでいます。空気は冷えびえと冴《さ》えわたり、月がかたむきはじめました。黒く沈《しず》む古森《ふるもり》。

プローコロ大佐の屋敷《やしき》では、明かりのともった部屋に、ワインのびんが手つかずのまま残されていました。そばにはグラスがひとつ。使用人のヴェットーレは、うとうとしています。消し忘《わす》れたラジオから陽気なメロディが流れ、うかれた歓声《かんせい》まじりの音楽が屋敷《やしき》にあふれていました。

人里離《はな》れた谷では、大佐の命の火がかき消えようとしていました。そこにも、教会の鐘《かね》や、遠くの爆竹《ばくちく》の音が聞こえてきます。しかし、ほかに特別なことは何も起こりません。古い年はまたたくまに去り、とぎれることなく、いつものようにすぐ新しい年がはじまりました。

プローコロ大佐の顔はいっそう青白くなり、口ひげは氷に覆《おお》われていました。マッテーオが去ったあと、大佐のからだからまたすこし力がなくなりました。両腕《りょううで》はぐったり垂《た》れ、頭はがくんと胸《むね》に落ちています。

そのとき、風たちが別れを告げにやってきました。――マッテーオはいませんでしたが。――風たちは、とくに大佐と親しかったわけではありませんが、身分ある者として死んでゆく古森《ふるもり》の所有者に、敬意《けいい》をはらうのはとうぜんだと思ったのです。

モミの木の枝の合い間で風たちが歌いはじめました。多くの人間にとって、まさに人生でただいちど聴《き》くことが許されるかどうかというほどの、厳《おごそ》かな時にふさわしい、壮大《そうだい》な音楽でした。セバスティアーノ・プローコロ大佐は、風の歌に気づき、渾身《こんしん》の力をふりしぼって、ふたたび頭を持ちあげました。動物たちも、森の入り口で目を覚ましました。

風たちは、彼らのレパートリーのなかでもっとも美しい、遠い昔の巨人《きょじん》の物語を歌いました。聴《き》く者を、このうえない喜びで満たすと言われる歌です。

動物たちは、いまが冬であることを忘《わす》れ、緑したたる夏の盛《さか》りにいると思いこみました。

だれもがすばらしい未来を信じました。自分にはあふれんばかりの勇気があり、どんな困《こん》難《なん》にも立ち向かえると感じて。

これこそ、音楽が引き起こした効果でした。歌が続くあいだは、そんな幻想《げんそう》が現実のとのように思われました。このとき、多くの動物は、永遠に生きられるとさえ信じたのです。とほうもない強さや、並《なみ》はずれた美しさを手に入れたと信じこむものもいました。動物たちはみな、新しい年の幸運に思いをはせ、この幸せな三百六十五日をどうすごそうか考えていたのです。

しかし、これからの日々など、大佐にはもうどうでもよいことでした。大佐は谷底を見つめていました。足ばやにこちらに向かってくる、おおぜいの黒っぽい人びとが見えます。何百という人間が、整然と隊列を組んでリズミカルに行進しています。すばやくたしかな足取りは、雪の上を進んでいるとは思えず、まるできちんと整備された道路を歩いているかのようでした。

先頭の兵士が隊旗《たいき》をかかげ、ほかの者がそのあとにつづきます。すぐに、かつての自分の連隊とわかりました。ただひとつ、楽隊だけが欠けていましたが、それでもなおあたりには音楽が満ちあふれていました。勝利の歌でした。

大佐は、なかば雪に埋《う》もれ、あいかわらず木にもたれたまま、誇《ほこ》らしげに頭をかかげました。雪の積もった急勾配《きゅうこうばい》のでこぼこ道にもかかわらず、連隊はみごとなまでに列を乱《みだ》さず、行進してきます。大佐は、月明かりにきらめく銃剣《じゅうけん》を目にとめ、すぐれた記憶力《きおくりょく》で、兵士ひとりひとりの顔を見分けました。隊旗《たいき》が自分の前を通りすぎるとき、大佐の右腕《みぎうで》がかすかに動きました。敬礼《けいれい》しようとしたのです。しかし、からだはすでに凍《こお》りついていました。

凱旋行進《がいせんこうしん》のみごとな隊列は、谷を登りきると、スピードを落とすことなく、古森《ふるもり》のモミのあいだへと奥深《おくふか》く入っていきました。兵士たちの行進はいつまでも続きました。プローコロ大佐自身、自分の連隊がこれほど大規模《だいきぼ》だったことに驚《おどろ》いていました。いずれにしても、そのことに満足でした。

しばらくすると、銃剣《じゅうけん》のきらめきは失われました。月が沈《しず》んでしまったからです。雪は青白く変わりました。兵士たちは黒い影《かげ》となり、もう、ひとりひとりの顔ははっきりわかりません。東の方角に、新しい年の陽《ひ》の光のようなものがかすかに見えました。

隊列が去り、最後の小隊が森に消えたとき、星々は輝《かがや》きを失いはじめました。風の歌もやみ、動物たちは眠《ねむ》らぬ夜のためにぐったり疲《つか》れて、巣穴《すあな》や、すみかへともどっていきました。

日が昇《のぼ》るのを待ちながら、すべては静寂《せいじゃく》と平安のなかにありました。

モミの木にもたれたまま、大佐《たいさ》は誇《ほこ》り高《たか》く、頭をかかげています。いまもなお、背筋《せすじ》をまっすぐにしてすわり、微動《びどう》だにしませんでした。腕《うで》も足も動きません。目も口も。マントのひださえも。心臓《しんぞう》もまた、止まっていました。

第40章

いっぽう風のマッテーオは、大佐《たいさ》と別れたあと、寄宿学校に向かいました。

大晦日《おおみそか》の夜なのに、パーティなどは開かれていません。でも寮《りょう》の部屋では、少年たちがまだ起きていて、暗がりのなか、文字が夜光塗料《やこうとりょう》で光るベルトの時計の針《はり》を見つめながら、シャンパンの栓《せん》を開けるため、真夜中が来るのを待ちかまえていたのです。

生徒たちは、興奮《こうふん》してささやきあっていました。そんななかでも、ベンヴェヌートは、外でマッテーオが飛ぶ音に気がつきました。ほかの少年たちに気づかれないように、ベッドから飛び起きて窓《まど》を開け、窓枠《まどわく》をこぶしで二度たたきました。

「別れを言いに来た」マッテーオが言いました。「今夜、発《た》つ」

「発《た》つって、どこへ?」

「こっちが知りたいくらいだよ。もちろん、もう帰ってこない」

「待って」ベンヴェヌートが言いました。「いま服を着て外に行くよ」

ベンヴェヌートは、みんなに気づかれないよう、暗がりのなかでそっと更衣室《こういしつ》に入り、スキー用の厚い服を着ました。それから、細心の注意をはらってドアを開け、月明かりの表に出たのです。

「今夜、おれは死ななければならない」マッテーオが言いました。「もう、おれの分解ははじまっている。もうすぐ空中に昇《のぼ》り、すこしずつ空に消えてゆくだろう」

「『死ななければならない』ってどういうこと？　風はどうやって死ぬの？」

「気にするな。ちょっと不可思議《ふかしぎ》なできごとなんだ。いつかおまえにも、わかるときが来るよ」空に遠ざかりながら、その声は弱まっていきました。

「いやだ」ベンヴェヌートが言いました。

「マッテーオ、行かないで。だめだよ、死んじゃだめだ。まだやることがたくさんあるじゃないか。ねえ、もし生きていたら、昔みたいにもどれるよ。また力がよみがえって、三か月たったら春になって、気持ちのいい季節が来るよ。ねえ、エヴァリストは行ってしまうだろうし、きみがもういちど谷の支配者になるんだ。大きな嵐《あらし》を起こして、みんなをにいい夜に怖《こわ》がらせるだろう。ぼくたちはまた、最初からはじめられるよ。そして気持ちのいい夜には、きみが森で音楽を奏《かな》でて、みんなが聴《き》きに来るんだ。すごく遠い村からだって。木々のあいだには木の精たちがいて、ぼくはきみといっしょに歌うんだ、いつかみたいに」

「仕方がないんだよ」マッテーオが言いました。「おれは、ほんとうに行かなくちゃならない。それにおそらく、今夜は、おまえが子ども時代の終わりを迎《むか》える、あの夜なんだ。だれかがおまえにそのことを教えたかどうか、おれは知らない。ほとんどの者がこういう夜に気づきもしないし、それがあるとも思わない。にもかかわらず、それはとつぜん閉《と》じてしまう、確実に存在《そんざい》する壁《かべ》だ。ふつうは、眠《ねむ》っているときに起こる。そう、たぶんおまえの場合はそうだろう。明日、おまえはもっと強くなり、新しい人生がはじまる。そのかわり、おまえにはもう、たくさんのことが理解できなくなるだろう。つまり、木々が話をしても、もうわからない。小鳥たちや川や風が話しても。たとえおれが残ったとしても、おれの言うことを、ただのひとことも理解できない。たしかに、おれの声が聞こえはするだろう。しかし、おまえには意味のない風のさやぎに思えるだろうし、それどころか、こうしたことすべてをばかげていると思うかもしれない。だから、このほうがいいんだ。ふさわしいときに別れたほうが」

そのあいだに、声はますます弱まってゆきました。マッテーオは、いやいやながらも、ゆっくりと空に昇《のぼ》っていきました。

「待って」ベンヴェヌートが言いました。「スキーを取ってくる。いっしょにいられるだけ、山の上まできみについて行くよ」

「ありがとう」マッテーオが言いました。「空に昇《のぼ》りながら横に移動するようにしよう。そうすれば、頂上《ちょうじょう》までいっしょにいられる」

すこしして、ベンヴェヌートは、しだいにばらばらになっていく友だちのマッテーオを追って進みはじめました。頭上を行ったり来たりしながら、もうもどってこられないほど高く昇《のぼ》っていくマッテーオについてゆこうと足取りを速め、月明かりに助けられて、古森《ふるもり》のほうへ向かいました。

思いもよらず、マッテーオはモミの木々にぶつかって、美しい響《ひび》きを奏《かな》でていました。別れの瞬間《しゅんかん》が近づいていたので、ベンヴェヌートは心が乱《みだ》れて、なんと言ったらいいかわかりません。マッテーオとすこしでも長くいっしょにいたいという思いで、胸《むね》がいっぱいでした。森の中は暗い場所も多く、深く積もった歩きにくい雪の上を進むのは骨《ほね》が折れました。歩くのに精いっぱいのベンヴェヌートは、そうしているあいだ、マッテーオがなんとつぶやいていているのか理解できませんでした。

ふたりは、ずいぶんまえに盛大《せいだい》な祭《まつり》のあった小さな草地を通りました。そのとき、鼻にかかったような深々《ふかぶか》としたフクロウの声がとつぜん響《ひび》いたのです。

「マッテーオか?」フクロウが大声で言いました。「おまえがここに来たからには、言っておきたいことがある。ずいぶんまえから思っていた。おまえに恥《はじ》をかかせたい、そういうことだ。おまえは弱々しく、情に流されやすい風だ。もうわずかな気力もないのに、自分には力があり、何者をも恐《おそ》れない、こんなふうでこんなすごいこともしたと、あいかわらず自慢《じまん》したがっているのだな? 道化《どうけ》、それがおまえだ。滑稽《こっけい》な、はったり屋、わたしの知るうちで、いちばん取るに足らないやつめ。からいばりする自分の姿《すがた》を見てみろ。そして、そんなおまえの言うことに耳を貸す、ばかな子どもを」

「フクロウ」マッテーオが言いました。「フクロウ、あんたこそ恥《はじ》を知れ。おれはいま、死んでゆこうとしているのだから」

暗くて見えないにもかかわらず、マッテーオが苦しそうにあえいでいるのを聞いて、フクロウが驚《おどろ》いているのがわかりました。

「そのおしゃべりは、もうやめろ！」別のフクロウが、はっきりした声でそのフクロウに言いました。「死んでゆく者に向かって、なんてことを言うんだ！　土の下に埋《う》めてしまいたいようなことを……」

「すまなかった、マッテーオ」最初のフクロウがためらうように言いました。「悪かった。知らなかったのだ。わたしには人をからかう、まずいくせがある。本気で言ったのではない……信じてくれ、本気ではなかった」

「どうでもいいよ、フクロウ」マッテーオは答えました。そのあいだもどんどん昇《のぼ》ってゆき、ベンヴェヌートはやっとの思いであとを追っています。寄宿学校からまったく立ち止まらなかったので、疲《つか》れが出はじめていました。

ついに、老人《ろうじん》の角《つの》のふもとにやってきました。

「ほら、あれがいまいましい洞穴《ほらあな》だ。おれが閉《と》じこめられていたところだ」岩の下のあたりをかすめて飛びながら、マッテーオが言いました。「それじゃ、ベンヴェヌート、さよならだ。これ以上、おまえには登れない」

「登れるさ」少年は言いました。そしてスキーをはずし、けわしい岩壁《がんぺき》をよじ登りはじめました。月明かりに照らされ、雪のあいだに足をかける場所を探しながら。

「よせ、ばかなことをするな」マッテーオが言いました。「滑《すべ》るぞ。登ろうと登るまいと、どうせおれたちは離《はな》ればなれになるんだ。」

それでも、ベンヴェヌートはあきらめませんでした。しがみつきやすい溝《みぞ》がたくさんある、氷のように冷たい絶壁《ぜっぺき》をさぐりながら、少年は木々の梢《こずえ》より高く、すばやく、その岩《がん》壁《ぺき》を登っていったのです。ついに彼は、上には空しかない、空中につき出た平らな岩場にたどり着きました。

ベンヴェヌートは、眼下《がんか》の、不思議なオーラを放《はな》つ暗い古森《ふるもり》を目にしました。沈《しず》む月や、東の空に現れた金色の筋《すじ》。すべてが、たとえようもないほど静かでした。世界に存在《そんざい》するのは、老人《ろうじん》の角《つの》の頂上《ちょうじょう》にまっすぐ立つ自分と、消えゆこうとしているマッテーオだけのように思われました。

しばらくすると、マッテーオはついに老人《ろうじん》の角《つの》の頂《いただき》をこえて、地上からますます離《はな》れてゆきました。ベンヴェヌートに彼のそよぎはもう感じられませんでしたが、でもまだ声を聞くことはできました。

「さよなら、ベンヴェヌート、さようなら！」マッテーオの呼びかけは、しだいにかすかになりました。「思い出しておくれ、ときどきは……それから、おまえに言っておかなければならないことが、まだもうひとつあった……今夜、プローコロ大佐は死んだ。雪のなかから見つかるだろう。おそらく、理由はだれにもわからない。彼らしい最期《さいご》だった。立派《りっぱ》な人間にふさわしい死だ」

マッテーオの声は小さくなり、やがて聞こえなくなりました。少年に愛情あふれる言葉で、別れのあいさつを送りつづけているのはたしかでした。でも、もうあまりにも高いところにいるので、その声は届《とど》きません。

ベンヴェヌートは、マッテーオに向かって大きな声で呼びかけたかったのですが、声を出すことができませんでした。何かが、のどにつかえているようだったのです。だから、ちぎれんばかりに帽子《ぼうし》をふりつづけました。日が昇《のぼ》り、静寂《せいじゃく》があたりを満たすまで。

訳者あとがき

北イタリア・ヴェネツィアの鉄道駅サンタ・ルチアから出発し、途中《とちゅう》のコネリアーノで二両編成のきれいな列車に乗りかえると、車窓《しゃそう》の景色《けしき》はすこしずつ山岳《さんがく》地帯の様相《ようそう》をあらわしはじめ、やがてドロミティ・アルプスにはいっていきます。生《お》い茂《しげ》る木々、点在《てんざい》するチロル風の家、恐竜《きょうりゅう》の背《せ》びれのような、ごつごつした岩肌《いわはだ》が目立つ山。これが、本書『古森《ふるもり》のひみつ』の作者ディーノ・ブッツァーティの見ていた風景そのものなのです。

ブッツァーティは一九〇六年十月十六日、ドロミティ・アルプスの入口にあたる町ベッルーノの近郊《きんこう》、サン・ペッレグリーノという小さな村で生まれました。図書館や礼拝堂《れいはいどう》もある先祖代々の大きな屋敷《やしき》に暮《く》らし、のちにミラノに移り住んでからも行ったり来たりして、晩年《ばんねん》までの多くの時間をそこで過ごしたそうです。登山家としても知られるブッツァーティは、少年のころからドロミティの山々に親しみ、山登りをしていました。この『古森《ふるもり》のひみつ』も、慣れ親しんだ自然を舞台《ぶたい》にしていると思われます。

物語は、小さいけれど多くの年を重ねた美しい古森《ふるもり》を背景《はいけい》に、いろいろな登場人物がユニークなエピソードをつむぎだし、それらがたがいに導きあって進んでいきます。

みんなから恐《おそ》れられ、嫌《きら》われているプローコロ大佐《たいさ》は、甥《おい》の少年ベンヴェヌートを森に置き去りにして、亡《な》き者にしようと企《くわだ》てたにもかかわらず、なぜか木の精たちを見、風の言葉を理解することもできます。ほんとうは、心のどこかに子どものような純真《じゅんしん》さが残っているのでしょう。ベンヴェヌートは、突風《とっぷう》で自分を倒《たお》そうとした風のマッテーオを最後まで慕《した》い、いっぽうのマッテーオも、いちどは手にかけようとしたベンヴェヌートをやさしく励《はげ》まします。カサギの弟は、自分の兄を撃《う》ち殺した大佐を裁判《さいばん》でけんめいに弁護するほどです。

このような、ふつうでは考えにくい状況《じょうきょう》がすんなり受け入れられるのは、物語の世界が人間の知恵《ちえ》の及《およ》ばない古森《ふるもり》という大きな存在《そんざい》に、すっぽり包《つつ》み込《こ》まれているせいなのでしょうか。深々《ふかぶか》とした森の息吹《いぶき》、風の歌声、動物たちのようすは、話にいっそうの奥行《おくゆ》きを持たせています。人間とほかの生き物、あるいは風、影《かげ》、小屋までもがなんの不思議もなく交わりあうさまは、宮沢賢治《みやざわけんじ》の描《えが》く作品世界とも重なるようです。

イタリアの映画《えいが》や小説では、とくべつコミカルな場面でなくても、くすっと笑ってしまうセリフがよくでてきますが、このお話にもそういうところがあって、生き生きとした雰囲気《ふんいき》を与《あた》えてくれます。たとえば、去ってゆく自分の影《かげ》に向かって「せめてドアを閉《し》めていけ!」と叫《さけ》ぶ大佐のセリフや、ベンヴェヌートのベッドにやってきたネズミの、へらず口ともいえる言い訳《わけ》、「風《かぜ》の会通信《かいつうしん》」で語られる小鳥の冒険談《ぼうけんだん》、森の住人たちのどこかとぼけた挿話《そうわ》など……。

作者ブッツァーティはミラノ大学の法学部を一九二八年に卒業し、有名な新聞社コッリエーレ・デッラ・セーラに入社します。ジャーナリストとしての活動は、作家になってからも一生続けました。一九三三年、初めての小説『山のバルナボ』を出版。二年後の一九三五年にこの『古森《ふるもり》のひみつ』“IL SEGRETO DEL BOSCO VECCHIO”を発表。やがて一九四〇年に出版された『タタール人の砂漠《さばく》』(岩波文庫)が、国の内外で大きな評判を呼び、ブッツァーティは作家としての地位を確立します。その後は、短編集『七人の使者』(岩波文庫『七人の使者・神を見た犬 他十三編』として編纂《へんさん》)や『スカラ座《ざ》の恐怖《きょうふ》』などの作品を次々と世に問いました。絵を描くことが大好きで、画集『モレル渓谷《けいこく》の奇蹟《きせき》』(河出書房新社)なども刊行しています。

一九七二年に六十五歳《さい》で亡《な》くなったあとも、ブッツァーティの評価は高まるいっぽうで、日本を含め多くの国の言葉に翻訳《ほんやく》されています。

どの作品も不思議な味わいをたたえた幻想的《げんそうてき》なスタイルで書かれ、そのなかに怖《こわ》さ、寂《さび》しさ、哀《かな》しみ、あたたかさ、そして独特の透《す》きとおった美しさがあふれていると思います。ファンタジックでありながら、「自分の意志や努力ではどうにもならない力に翻弄《ほんろう》される」という内容が多いのですが、なかには大きな優《やさ》しさに満ちたお話もあります。びっくりするようなすばらしいストーリー性にあふれているので、本書を読まれたみなさんなら十分楽しめるはずです。『古森《ふるもり》のひみつ』は、刊行当時はファシズム政権《せいけん》がイタリアを支配していた困難《こんなん》な時期だったこともあり、ほとんど注目されなかったそうですが、ブッツァーティが成功をおさめると、再評価されるようになりました。いまも版を重ね、彼自身の描いた挿絵《さしえ》がふんだんに盛《も》りこまれた『シチリアを征服《せいふく》したクマ王国の物語』(福音館文庫)などとともに、イタリアの子どもたちに読まれつづけています。日本語訳としては、今回が最初のものです。また一九九三年には、エルマンノ・オルミ監督《かんとく》により映画化もされました。

このたびの出版に当たり、翻訳家の関口英子《せきぐちえいこ》先生に、最初から最後まで、ひとかたならぬお世話になりました。山村浩二《やまむらこうじ》先生には、雰囲気《ふんいき》のあるすばらしい絵を描いていただきました。また岩波書店の方々にも、さまざまな形でご尽力《じんりょく》いただきました。心から感謝申しあげます。

二〇一六年四月

川端則子《かわばたのりこ》

訳者　川端則子
埼玉県生まれ。立教大学ドイツ文学科卒業。日伊協会のほか，フィレンツェ，ヴェネツィアなどでイタリア児童文学とイタリア語の研修を重ねる。第12回いたばし国際絵本翻訳大賞イタリア語部門特別賞受賞。訳書の出版は今回が初めて。

古森《ふるもり》のひみつ　　岩波少年文庫 617

2016年6月16日　第1刷発行
2023年6月5日　第2刷発行

訳　者　川端則子《かわばたのりこ》

発行者　坂本政謙

発行所　株式会社 岩波書店
〒101-8002 東京都千代田区一ツ橋 2-5-5
電話案内 03-5210-4000
https://www.iwanami.co.jp/

印刷・精興社　カバー・半七印刷　製本・中永製本

ISBN 978-4-00-114617-2　　Printed in Japan
NDC 973　270 p.　18 cm

岩波少年文庫創刊五十年——新版の発足に際して

心躍る辺境の冒険、海賊たちの不気味な唄、垣間みる大人の世界への不安、魔法使いの老婆が棲む深い森、無垢の少年たちの友情と別離……幼少期の読書の記憶の断片は、個個人のその後の人生のさまざまな局面で、あるときは勇気と励ましを与え、またあるときは孤独への慰めともなり、意識の深層に蔵され、原風景として消えることがない。

岩波少年文庫は、今を去る五十年前、敗戦の廃墟からたちあがろうとする子どもたちに海外の児童文学の名作を原作の香り豊かな平明正確な翻訳として提供する目的で創刊された。幸いにして、新しい文化を渇望する若い人びとをはじめ両親や教育者たちの広範な支持を得ることができ、三代にわたって読み継がれ、刊行点数も三百点を超えた。

時は移り、日本の子どもたちをとりまく環境は激変した。自然は荒廃し、物質的な豊かさを追い求めた経済の成長は子どもの精神世界を分断し、学校も家庭も変貌を余儀なくされた。いまや教育の無力さえ声高に叫ばれる風潮であり、多様な新しいメディアの出現も、かえって子どもたちを読書の楽しみから遠ざける要素となっている。

しかし、そのような時代であるからこそ、歳月を経てなおその価値を減ぜず、国境を越えて人びとの生きる糧となってきた書物に若い世代がふれることは、彼らが広い視野を獲得し、新しい時代を拓いてゆくために必須の条件であろう。ここに装いを新たに発足する岩波少年文庫は、創刊以来の方針を堅持しつつ、新しい海外の作品にも目を配るとともに、既存の翻訳を見直し、さらに、美しい現代の日本語で書かれた文学作品や科学物語、ヒューマン・ドキュメントにいたる、読みやすいすぐれた著作も幅広く収録してゆきたいと考えている。

幼いころからの読書体験の蓄積が長じて豊かな精神世界の形成をうながすとはいえ、読書は意識して習得すべき生活技術の一つでもある。岩波少年文庫は、その第一歩を発見するために、子どもとかつて子どもだったすべての人びとにひらかれた書物の宝庫となることをめざしている。

（二〇〇〇年六月）